貫井徳郎

プリズム

実業之日本社

実業之日本社文庫

contents

Scene1

虚飾の仮面

1

小学生にとって何が大事件かって、学校に行ったら先生が来てなかったことほど大きな事件はない。ぼくは小学校に入学してから五年になるけど、予告なしの先生のお休みなんて、これまで一度も経験したことがなかった。そういう意味では先生がいないなんていう事態は、校舎がある日突然爆発してなくなっちゃうのと同じくらい、あり得ないことのはずだった。

そのあり得ないことが起きたと知らされたのは、もうそろそろ春休みになる三月のある日、一部の運がいい男子はホワイトデーだと浮かれていた日の翌日のことだった。ついでに言うなら、バレンタインデーにチョコをもらわなかったぼくにとっては、ホワイトデーなんてぜんぜん関係なかったんだ。よけいなことだけどね。

一時間目の二分前には必ず教室にやってくる山浦《やまうら》先生——ぼくたちは密《ひそ》かにミツコ先生と呼んでいる——が八時三十五分になっても教室のドアを開けないので、おとなしく席に坐っていたぼくたちもさすがに変だなと思い始めた。気の早い奴は先生が休んだんだと言い出したけど、もちろんなんの根拠もありはしない。ただそうだったらいいなぁという希望的観測というもので、結果的にはそれが当たっていたわけだけど、その時点では教室中のみんなが半信半疑だった。

「ホントに休みかな、先生」

前の席の柴野《しばの》が、ぼくの方を振り向いてそう言った。そんなことをぼくに訊《き》かれてもわかるわけがない。ぼくは首を傾《かし》げて「さあ」と答えてから、

「昨日は具合悪そうじゃなかったけどなぁ」

と言った。もし先生が休むなら、体の具合が悪いんだとしか想像できなかったんだ。

「そうだよな」と柴野。「風邪程度で学校を休むミツコ先生じゃないし、突然重病になるわけもないし……。何かあったのかな」

「授業が休みなのは嬉しいけど、でもちょっと心配だな——」

ぼくがそう言ったのは、何もいい子ぶりたかったからじゃない。優しくて美人のミツコ先生はぼくたち男子生徒にはもちろん、女子にも人気があるのだ。ぼくの言葉に柴野も、同感とばかりに大きく頷いた。

八時四十五分になって、ようやく教室の前の扉が開いた。それまでぺちゃくちゃ喋《しゃべ》っていたぼくたちは慌てて姿勢を正したけど、意外にも入ってきたのはミツコ先生じゃなかった。ふだんめったにお目にかからない先生、教頭先生だった。

レンズの分厚い黒縁眼鏡をかけた出っ歯の教頭先生は、どこか少し慌てたような素振りで黒板の前に立つと、ぼくたちに向かって早口に言った。

「山浦先生は今日、急用ができてお休みします。取りあえず一時間目は自習時間ということにしますので、皆さん静かに自習をしてください」

では、と言い残すと、教頭先生は何かに急《せ》かされるようにあっという間に出ていった。残されたぼくたちは、あまりにも簡単な説明に全員ぽかんとしていた。

でもそんな静けさは一瞬だけで、すぐにそれまで以上にお喋りの波が押し寄せた。誰もがこの異常事態について、何かを言わずにはいられなかったんだ。やっぱり先生は具合が悪いんだ、風邪か、重病か、それとも大怪我《けが》か、そんな言葉があっちこっちから聞こえてきた。ぼくと柴野ももちろん例外じゃなく、お互いの唾《つば》が顔にかかるほど興奮して話し合ったけど、何もわからないのは教頭先生がやってくる前とおんなじだった。こういうとき大人は、ぼくたち子供に何も教えてくれない。ふだんはそれが悔しくてしょうがないのだけど、そのときばかりはそんな不満も忘れて、ただ的外れな推測ばかりを口にしていた。

二時間目はやっぱり教頭先生がやってきて、体育の授業を見てくれた。とは言ってもぼくたちに勝手にドッジボールをやらせていただけで、教頭先生が何か教えてくれたわけじゃない。ぼくはミツコ先生がいないという大事件もひとまず忘れて、すっかりドッジボールに熱中していたが、外野に回ったときにふと教頭先生の方を見ると、先生は何かに驚いてぼうっとしているような顔をしていた。そんな様子を見てふといやな予感を覚えたけれど、特にぼくの勘が鋭かったわけではなかったようだ。後で確かめてみると、みんな教頭先生の表情には気づいていて、ぼくと同じような気持ちでいたらしい。つまりその日はクラス全体に、変な雰囲気が漂っていたということだ。ぼくたちは敏感に、何か普通じゃないことが起きているのを感知していたんだ。

　だからミツコ先生が死んじゃったんじゃないかという噂が、誰が言い出したともなく広がり始めたのも、ある意味当然のことだった。噂は三時間目の自習の頃から発生して、四時間目に入ったときにはもう事実のように認められていた。交通事故だの病死だのと、口々に勝手なことを言っていたのは、たぶん怖かったからだと思う。おじいちゃんやおばあちゃんが死ぬのと、まだ若い女の先生が死ぬのでは、ぜんぜん意味が違うということをぼくらだって知っている。ぼくたちは不安だからこそ喋り続けずにはいられなかった。喋ることでどんどん不安が膨《ふく》らんでいくとわかっていても。

　給食時間になる前に、午後の授業はなしにすると教頭先生から言い渡された。そのとき、クラス委員をやっている山名《やまな》がすかさず手を挙げ、教頭先生に質問をぶつけた。さばさばした性格の山名は、こんなときでも決して後込《しりご》みしたりしない。女子なのに男子生徒からもなんとなく頼りにされてしまうような女の子だった。

「山浦先生はどうしてお休みなんですか。具合が悪いんでしょうか？」

　こういう質問があって当然のはずなのに、教頭先生は正面から尋ねられて面食らったようだった。ほんの二、三秒、口をぱくぱくさせると、すぐに立ち直って山名に答えた。

「詳しいことは、明日改めて説明します。今日は給食を食べたら、皆さん静かに下校しましょう」

「どうして明日なんですか？　今は説明できないんですか」

山名はあくまで食い下がる。ぼくは内心で『やれ、やれ』と山名を応援していた。

「山浦先生は体の具合がお悪いのです。詳しいことは私もわかりません」

明らかにごまかしとわかる言葉で、教頭先生は逃げようとした。山名はこんな返事を許さない。

「先生が亡くなったという噂は本当ですか」

「何を言うんですか！」

教頭先生は目を丸くして怒った。いや、怒った振りをしたのかもしれない。

「そういう勝手な噂はしないように。では」

次の質問をぶつけられないうちにと、教頭先生は逃げるように教室を出ていった。ドアがぴしゃりと閉まると、ぼくたちは大声で互いの不満を確かめ合った。どうして大人はいつもこうなのだろう。

教頭先生の態度は、明らかに何かを隠しているようだった。あんな返事をすればぼくたちがよけい不安に感じると、どうしてわからないんだろうか。ミツコ先生が亡くなったなら亡くなったと、はっきり教えてもらった方がずっと気楽なのに。

それにしても——いったい先生に何があったのだろう?

2

他のクラスは午後の授業があるのに、ぼくらだけが昼休みに入ると家に帰るように言われた。もちろんそんなことも初めてだ。最後にもう一度やってきた教頭先生は、寄り道をせずに真っ直《す》ぐ帰るようにと念を押したけど、そんな言葉に素直に従う気にはどうしてもなれなかった。それはぼくだけが感じていたことじゃないらしく、家が近いので同じ方向に向かっていたぼくと柴野は、途中で公園に入って少し暇を潰《つぶ》すことにした。

「ふざけんなよなぁ」ベンチに坐ってから柴野は、空を見上げてぼやいた。「ミツコ先生のことをおれらが心配してないとでも思っているのかな。まったく馬鹿にしてるぜ」

「そういうもんだよ」ぼくは腹を立てている様子の柴野を宥《なだ》めるように、穏やかな声で答えた。「大人はさ、子供は何も考えてないと思ってるんだ。自分だって昔は子供だったくせにね、そういうことは綺麗に忘れてるんだよ」

「腹立つなぁ」

ぼくの諦《あきら》めきった気持ちが伝わったのか、柴野は少し声のトーンを落とした。ちっ、と舌打ちしてから、「なあ」とぼくの方を向く。

「本当にさ、何があったんだと思う？　結局一時間も授業がないなんて、異常事態だと思わないか？」

「思うよ。ミッコ先生に何かがあったのは間違いない」

ぼくも真剣な表情で頷いた。本当のことが知りたいという思いは、柴野にも負けないくらいぼくの胸の中にあったんだ。

「明日になったら詳しいことを教えてくれるって、教頭先生は言ってたよな。それ、信用できるかな」

「どうだろうね」柴野の質問に、ぼくは首を捻《ひね》った。「怪しいと思うよ。もし本当に大変なことが起きたんなら、絶対詳しいことなんか教えてくれないよ。山浦先生は事故で亡くなられました、とかさ、その程度の説明でお終《しま》いさ」

「なんだよ、それ。そんなんで、お前、納得できるか」

「できないさ。でもしょうがないじゃん。大人は大事なことを全部、ぼくたちから隠しておきたいんだから」

「冗談じゃないよ」

思わずという感じで、柴野は大声を上げた。するとそれに答えて、「本当ね」という返事があったので、ぼくたちはびっくりして顔を上げた。自分たちの会話に夢中になっていて、近づいてくる人がいたことに気づかなかったのだ。

「ホント、冗談じゃないわよね」

クラス委員の山名だった。その後ろには村瀬《むらせ》がくっついている。山名と村瀬は同じマンションに住んでいて、ほとんど毎日一緒に下校しているのは知っていた。そしてそのマンションがぼくの家のそばにあることも。つまりぼくたち四人は下校ルートがほとんど同じなのだ。帰り道の公園で寄り道していれば、必ず山名たちに見つかるというわけだった。

「ミツコ先生の話をしてたんでしょ。ずいぶん怒ってるようね」

山名はいつもとちっとも変わらない調子でそう言うと、ひとつ隣のベンチに坐った。村瀬は少し恥ずかしそうにこちらに頭を下げて、その隣に腰を下ろす。はきはきしている山名とは対照的に、村瀬は引っ込み思案で恥ずかしがりだ。どうしてこんなに性格の違うふたりが仲いいんだと不思議だけど、ぜんぜん違うからこそ気が合うのかもしれない。

「あ、そうだ」

ふと思いついて、声を上げた。どうやら山名は、ぼくたちと話がしたくて声をかけてきたらしい。まあ、それも当然のことだ。だからぼくはすぐに、山名を会話に引き込むことにした。

「山名さぁ、クラス委員なんだから、職員室に行って情報を収集してきてくれないかな。おれたちが行っても何も教えてくれないだろうけど、山名だったら先生も何か言ってくれるかもしれない」

「駄目駄目」すぐに山名は首を振った。「あたしだって詳しいことは知りたいから、給食を食べたらすぐに職員室に行ったのよ。でも、門前払い。なんか慌ただしい雰囲気で、とても生徒の相手なんかしてられないって感じだった。あれ、絶対何かあるわ」

　山名は目を輝かせて断言した。そんなときの山名は本当にかわいらしく見える。実際山名は、喋らなければ美少女だと言われているのだ。肩胛骨《けんこうこつ》の辺りまで伸びた真っ直ぐな髪が、スリムなスタイルに合っている。そのままテレビに出られそうな整った顔立ちは、見ているだけならなんの文句もない。ただし、見ているだけなら、だ。

　山名の性格をあまりよく知らず、クラス替え直後に好きだと告白して玉砕した男子は二、三人どころの数ではなかった。それぞれに対し山名がどういう応対をしたかぼくは知らないけど、だいたい想像はつく。どうせ冷ややかな視線を浴びせ、「どうもありがとう」なんてことを堂々と言ってのけたに違いない。そんな応対をされて、面食らわない鈍感はいない。みんな白けてすごすごと立ち去り、やがて山名は怖いと評判が立つことになったわけだ。今では恐れられると同時に、すっかり男子からも一目置かれる存在になっているのは前にも言ったとおり。

　つけ加えておくと、小さい頃から山名のことを知っていたぼくは、そんな馬鹿馬鹿しい目には遭わずに済んでいる。でも四年生のときに転校してきた柴野は、山名の性格を知るわけがなく、最初のうちはなんとなく気があったんじゃないかとぼくは睨《にら》んでいる。告白して玉砕したかどうかは、本人に確かめたわけじゃないので知らないけど。

「ふうん」山名の説明に、柴野は鼻を鳴らした。「そんなことなら、ますます本当のことが知りたいな。どうして先生たちはそんなにミツコ先生のことを秘密にするのかな。

本当に噂どおり、ミツコ先生死んじゃったのかな」

「気になるわよね」山名も相槌《あいづち》を打つ。「たぶん噂は本当で、ミツコ先生は亡くなったんだと思うけど」

「えっ」

あまりにあっさり山名が言うので、村瀬も含めたぼくたち三人は驚いて目を丸くした。

「な、なんで？　何を根拠にそんなふうに思うんだよ」

ぼくは少しつっかえながら、山名を問い質《ただ》した。何も知らないと言いながら、やっぱり少しは情報を仕入れているんじゃないかと思った。

「別に、根拠はないわよ。ただなんとなく、職員室の雰囲気でそう思っただけ。でも、たぶん間違いないわ」

山名は事実を口にするように、きっぱりと断言した。いつも山名はこういう言い方をする。そしてたいていの場合、その断言が当たっていたりするから怖いのだ。山名の言葉を聞いてぼくは、やっぱりミツコ先生はもう生きていないのだろうと感じた。

ミツコ先生が生徒に人気があったのは、ただ単に若くて綺麗だからというわけじゃない。なんというか先生は、ぼくたち子供と同じ視線を持っていてくれたのだ。

優しい先生なら他にもたくさんいる。子供が好きな人だって多いだろう。でもそういう先生たちだって結局は、大人としてぼくたちを見下ろしているだけなんだ。子供のすることはかわいいね、と目を細めて見ているだけに過ぎない。もちろんぼくたちは実際に子供なのだし、先生は大人なんだからしょうがないんだけど、時たまそういう態度にカチンとくることはある。子供にだって子供のプライドがあるってことを、ぜんぜんわかってもらえないときだ。子供だからって大目に見られたり、ひとりの人間として扱ってもらえなかったりすれば、ぼくじゃなくても誰だって腹が立つ。でもミツコ先生は、ぼくたちに決してそういう接し方はしなかった。

たぶんぼくたちは、大人の目から見たらどうでもいいようなことで喜んだり、悲しんだりしているんだろう。でも大人にはどうでもいいことでも、ぼくたちにはとても大事なことだったりする。そういうことをミツコ先生は、一緒になって喜び、悲しんでくれた。ただ調子を合わせていただけじゃない。そういう上辺だけのことなら、ぼくたちは敏感に見抜いてしまう。ミツコ先生が好かれていたのは、いつもぼくたちの側にいてくれたからなんだ。そういう先生をぼくは、他に知らない。

もしミツコ先生が亡くなったのなら、きっとみんなが悲しむだろう。でもそれ以前に、そのことを隠していた他の先生たちに対して怒る。ミツコ先生のことはぼくたちにとって、無関係なことなんかじゃないからだ。だからこそぼくは、それから柴野も山名も、たぶん村瀬も、腹が立つほど本当のことを知りたいんだ。

「調べてみましょうよ、あたしたちで」

山名は簡単に言った。あまりに簡単に言うので、ぼくは呆気《あっけ》にとられてしまった。先生も教えてくれないことを、ただの小学生のぼくたちが調べたりできるのか？

「調べるって、どうやって？」

ようやく村瀬が口を開いた。無口な村瀬が口を挟むなんて、よほど驚いたのだろう。目をぱちぱちさせて山名の顔を見ていた。

「親よ。あたしたちの情報源と言ったら、親以外にはないでしょ。もし本当にミッコ先生が亡くなってたら、親に報告が行かないわけないわ。たぶん今晩には、連絡網で話が行き渡るはず。そうしたら各自、できるだけ根掘り葉掘り訊きだして、明日それを突き合わせるのよ。四人の情報を集めれば、だいたいのところがわかるんじゃない？」

「な、なるほどね」圧倒されたように、柴野がカクカクと頷いた。「言われてみりゃ、親に連絡が行くのは当然だ。逆に連絡がなければ、心配するほどのこともないってわけだろ」

「そういうことね。そうであって欲しいけど」

山名はあくまで含みのあるような言い方をする。大事件が起きたことを確信しているのだろう。そんな山名の口調に、柴野も村瀬も不安そうな表情を浮かべた。たぶんぼくも同じような顔をしていたんだと思う。

山名は平然とぼくらを見回すと、明日の放課後にはまたこの公園に集まろうと決めて、立ち上がった。ぼくと柴野の男たちふたりは、山名の決定にただ素直に頷いた。こんなときでなくても、山名の指示に逆らおうなんて勇気は持っていなかったのだ。

最近の女は怖いからね。

3

結論から言うと、山名の予想はズバリ的中したんだ。夕方の六時過ぎ頃に連絡網で、時間が作れる親は学校に来るようにと伝えられた。ぼくが早く帰ってきたことで、なんとなく何かあるなと察していた母さんは、手早く夕ご飯の準備をするとすぐに学校へと向かった。ぼくは父さんとふたりで、テレビを見ながらシチューを食べた。

母さんが帰ってきたのは遅かった。たっぷり一時間は学校に行っていたんじゃないかと思う。さぞかしおなかが減っただろうと心配したけど、帰ってきた母さんはそれどころじゃなかった。血相を変えて玄関から入ってくると、「真司《しんじ》！」とぼくを呼んで、早口に続けた。

「山浦先生、亡くなっちゃったんだってさ！」

母さんはぼくが驚いてひっくり返るとでも予想してたんだろうけど、そんな反応は示さなかった。ぼくは母さんの言葉を聞いた瞬間、『やっぱりそうなのか』と思っただけだった。それが顔に出たのだろう、母さんはぽかんとした様子で、

「びっくりしないの？」

と、まじまじとぼくの顔を覗き込んだ。

「いや、びっくりしたけど……」

「なんだって！」

ぼくの言葉は、父さんの大声で遮《さえぎ》られた。リビングから顔を出した父さんは、ぼくの分までたっぷりと驚きを表していた。

「山浦先生って、真司の担任の山浦先生だよな」

「そうよ。その山浦先生よ」望んでいたような反応がようやく返ってきて、母さんはどこか嬉しそうに答えた。「若い先生なのに、亡くなったなんてびっくりよねぇ。真司ったら、ぜんぜん驚かないんだもん。薄情な子ね」

「驚いたよ。それで、どうして先生は亡くなったの？」

肝心のことをなかなか言い出さないのは、いかにも母さんらしい反応だった。母さんは今頃思い出したように、「そうそう」と言うと唾を飲み込んだ。

「それがね、どうやら先生は殺されたらしいのよ」

「殺された！」

ぼくは今度こそ本当に驚いた。

ぼくらはリビングに席を移し、改めて母さんから詳しい話を聞くことにした。亡くなった原因を事故か病気としか思っていなかったぼくにとって、殺人とはあまりにも意外すぎた。しばらく呆然《ぼうぜん》としていたような気もするけど、あまり憶えていない。ともかく気づいてみれば、どこか得意げな感じすらする興奮した母さんの説明を聞いていた。

「先生がひとり暮らししていたのは真司も知ってるでしょ？　先生はその自分の部屋で、頭を殴られて死んでいたらしいのよ」

「殴られて？　間違いなく事故とかじゃないんだな」

珍しく慌てた様子の父さんは、すかさずその点を問い質した。母さんは自信たっぷりに、「うん」と頷いた。

「間違いないみたいよ。だって校長先生がはっきりと『他殺だ』って言ってたもの」

「どういう状況で発見されたのか、説明してもらえたのか」

息子の担任が死んだ、それも殺されたとなればびっくりもするし興味もあるだろうけど、父さんの反応はちょっと意外だった。どちらかというと父さんは、いつも冷静であまり興奮しないタイプの人だからだ。でも一度でも会ったことのある人が殺されたりすれば、普通じゃなくなるのも当然かもしれない。ぼくは父さんの意外な一面を見た気がした。

「詳しいことはあまり聞けなかったわ。でも校長先生もまだ、警察からちゃんとした説明をしてもらってないみたい。物取りの犯行じゃないかって、ちょっと希望的観測みたいなことは言ってたけど」

「物取りって、何？」

ぼくはようやく、昼間に山名と約束したことを思い出した。なるべく母さんから情報を引き出しておかなければならないんだった。

「泥棒のことよ。でもよく聞くと、何も盗まれた物はないんだって。だから泥棒の仕業のわけないわよね」

「通り魔かなんかかな」

父さんが言いづらそうに訊き返した。ぼくがいるから、あまりはっきりした言い方をしなかったんだろう。でもぼくだって、父さんが言いたいことくらいわかる。わかるからこそ、いやな気分になったんだけど。

「そうかもね。どうも、窓から何者かが侵入した形跡があったらしいのよ。ガラス切りを使って窓のロックが開けられてたんだって」

「ガラス切りで」

父さんは言葉を嚙み締めるように繰り返した。ぼくはすかさず口を挟んだ。

「じゃあ、やっぱり通り魔なわけ？　ヘンシツシャが先生を殺したのかな」

「どうなのかしらねぇ」

しらばっくれているのか、母さんは曖昧な返事をして首を捻った。ぼくは思わず舌打ちしたくなった。詳しいことを教えてよ！

「他にはなんか、情報はないの？」

例えば先生が襲われていた痕跡があったとか、と続《つづ》けたいところだったけど、さすがにそこまで露骨なことは言えなかった。親の期待に応《こた》え続けるのは、なかなか不自由なものなんだ。

「そうそう。凶器はね、先生の部屋にあったアンティーク時計らしいわよ」

「ってことは、もともと殺すつもりで部屋に侵入したわけじゃないんだな、犯人は」

父さんは腕を組んで、難しい顔をした。母さんも「そうね」と、それまでよりも声のトーンを落として頷いた。

「少なくとも顔見知りの犯行じゃなさそうね。先生の知り合いが殺したなんてことになったら、いやな話だもの。そうじゃなくって、せめてもだわ」

「ホントにそうなの？」

ぼくはあまり深く考えず、そう言った。でも言った瞬間に、この点はすごく大事かもしれないと気づいた。

「ホントにって、どういうことよ」

母さんが訊き返してくる。ぼくは考えがまとまらないまま、思いついたことをそのまま言ってみた。

「ギソウかもしれないじゃん。外部から侵入したように見せかけておいて、疑いが逸《そ》れるようにしたのかもよ」

「なに、じゃあ先生の知り合いが犯人かもしれないって言うの？　いやなこと言うの、やめてよ」

「いや、まあ、真司の言うのももっともだな」父さんがぼくの意見を認めてくれた。「そういう見方も当然できる。通り魔の犯行と、一概には言えないな」

「何よ、あなたまで。気持ち悪いからやめてちょうだい。先生はね、通り魔に頭を殴られて殺されたのよ。お気の毒だけど、そういうことなの」

母さんは断言するようにそう言うと、それで話を切り上げてしまった。ぼくと父さんは顔を見合わせ、お互いの不満を確認し合ったけど、もうどうしようもない。母さんはようやくおなかが空《す》いていることを思い出したらしく、さっさと食事にかかってしまい、それ以上詳しいことは説明してくれなかった。実際、母さんも知っていることはそれで全部だったんだろう。物足りない気分が大いにあったけど、諦めるしかなかった。

ひとりでご飯を食べてから、母さんはあちこちに電話して喋りまくっていた。もちろん話題は先生の事件だ。ぼくはなるたけ聞き耳を立てて、新しい情報を仕入れようとしたんだけど、なかなかうまくはいかなかった。そのうち猛烈に眠くなってしまったので、ベッドに潜り込んだ。

好きだった先生が殺された夜でも、ふだんと変わりなく眠くなるのが不思議だった。

4

その次の日は、予想していたとおり、やっぱりぼくたちのクラスは休みになった。夜にもう一度連絡網が回ってきて、そういうことになったんだ。急に休みと言われても、わあいと喜ぶ気分じゃない。かといって家にいるのも馬鹿馬鹿しいので、昨日の約束どおり、柴野や山名たちとあの公園で会うことにした。ぼくがそれぞれの家に電話をして、午前十時に集まることを決めた。

　約束の時刻ちょうどくらいに行くと、もうぼく以外の三人はベンチに坐っていた。山名はわざとらしく腕時計を見て、「ぎりぎり遅刻じゃないようね」と言った。最初からこうだから、山名と口喧嘩しようなどという気は絶対に起きなくなる。ぼくは「はいはい」と適当に答えて、柴野の隣に坐った。

「じゃあ、さっそく始めましょうよ。無駄話をしている余裕はないわ」

　山名が自分以外の三人の顔を見回して、言う。司会進行役を山名がやることには、誰も異存はなさそうだった。

「やっぱりミツコ先生は殺されてたわね。その状況だけど、どれくらいの情報が仕入れられた？」

　そう話を向けられて、ぼくと柴野は目を見合わせた。ぼくは顎《あご》をしゃくって、お前から言えよと促した。

「たぶん、みんなが聞いたのと同じ程度のことだよ」柴野はまるで、山名に叱られるのを恐れているかのように答えた。「頭を殴られてたんでしょ、先生は。うちの母さんは、泥棒の仕業じゃないかって言ってた」

「窓が破られてたから？」

　と山名。柴野は半信半疑みたいに頷いた。

「そうだね。状況的には泥棒かヘンシツシャが犯人だと考えるのが、まあダトウなんじゃないかな」

「小宮山《こみやま》君は」

山名はぼくに話を振ってくる。ぼくは軽く肩を竦《すく》めた。

「おんなじだね、昨日の夜のPTA集会で聞いたことだから、たぶん情報はみんな同じだよ」

こんな少ないデータじゃ、なんにもわからない——そう続けようとしたんだけど、山名のひと言でその先を飲み込んだ。山名は涼しい顔で、「そうでもないのよ」と言ったんだ。

「そうでもないって、どういうこと？　これ以外の情報があるっての？」

ぼくはびっくりして身を乗り出した。山名は「うん」と頷いて、村瀬の方を見る。

「しいちゃんのお母さんが情報通なのは知ってる？　知らないか。しいちゃんのお母さん、しいちゃんとはぜんぜん違ってお喋りなのよ。それでね、顔も広いから情報も早いの。その辺のことは、しいちゃん、自分で説明してよ」

促されて、村瀬は恥ずかしそうに笑った。

「あのね、別にお母さんの手柄じゃないんだけど、一組に山口《やまぐち》さんっているでしょ。山口さんのお父さん、新聞記者なのよ。それでうちのお母さんと山口さんのお母さんが親しいから、昨日のPTA説明会よりも詳しい情報が入ってきたわけ」

「へぇ。すごいじゃん」柴野は素直に感心した声を上げた。「ってことはさ。おれたちが知らないような情報があるってこと？」

「まあ、そうね」

「へぇーっ！」

ぼくたち男ふたりは、揃って感心した声を上げた。村瀬はますます恥ずかしそうに、顔を赤くする。山名だけが平然としていた。

「で、何？　おれたちが知らないような情報って」

柴野は目を輝かせていた。たぶんぼくも同じような目をしているだろう。じっと山名が答えるのを待った。

「取りあえず先生が亡くなっていた状況の確認をするわね」山名はもったいぶるでもなく、慎重にそう切り出した。「まず先生の死因だけど、これは頭を殴られたことで間違いないわ。ほとんど即死だったんだって。窓は外側からガラス切りで鍵を開けられていたけど、部屋の中は荒らされた様子もなし」

「あ、やっぱりそうなんだ」昨日の母さんの説明を思い出して、ぼくは口を挟んだ。

「ってことは結局、泥棒じゃなくってヘンシツシャだったってわけ？」

「まあ、待ってよ」と山名は落ち着き払って言った。「先に全部説明しちゃうからさ。質問はその後。でね、先生がどういう状態だったかだけど、これがね、特に乱暴されていた様子もなかったんだって。別に子供に隠しているわけじゃなくって、本当にそうらしいわよ。ねっ」

最後は村瀬に同意を求める言葉だ。村瀬は黙って頷く。昨日のうちにでも電話で、全部山名に説明してあるんだろう。すっかり山名に頼り切っているのは、何も今だけのことじゃなかった。

村瀬はいつも山名といるせいで割を食っているけど、よく見るとなかなかかわいいタイプの女子だ。襟足《えりあし》にかからないくらいに刈り揃えたボーイッシュな髪型が、あまり本人の性格と合っていなくて、そのミスマッチがなんとなく印象的だ。誰もが最初は山名に目を惹《ひ》かれるが、そのうち本当の性格がわかってくると、村瀬もかわいいよなと言い出す。今では山名よりもずっと、村瀬の方が男子に人気があるんじゃないだろうか。何よりもその控え目な性格が、山名のクールすぎる性格に圧倒された後では、とても貴重なものに思えるんだろう。実を言うとぼくも、山名と顔を合わせるよりは村瀬に話しかける方が、ずっと気が楽だったりする。

「ってことは、ヘンシツシャが犯人じゃないのかな?」

ぼくは村瀬と山名を交互に見ながら、慎重に言った。それに柴野が重々しく答える。

「さもなきゃ、ミスイで終わったってことだな」

ミスイ、ねぇ。なんとなく、想像するのがいやだった。

「もちろんその可能性はあるわ。先生は部屋にあったアンティーク時計で頭を殴られていたでしょ。でもこれって、本当に殴られたのか、それとも落ちてきたのか、はっきりしないんだって」

「落ちてきた？」

山名の説明がわからず、ぼくは繰り返した。山名はそんなこちらの反応にいらいらすることもなく、そのまま言葉を続けた。

「うん。先生はクローゼットに凭《もた》れるようにして亡くなってたらしいんだけど、どうもその時計はもともとそのクローゼットの上に置いてあったみたいなの。先生は犯人と縺《もつ》れ合った結果、クローゼットに背中を向けてしゃがみ込んでしまう。そこに運悪く、震動で時計が落ちてきた。先生は打ち所が悪くて、そのまま亡くなってしまった、って可能性もあるわけ」

「犯人は殺すつもりがなかったたってことだな」

と柴野。

「そういうことね。犯人が変質者だったら」

「ああ、そうだね」ぼくは深く頷いた。「犯人がヘンシツシャだったら、の話だ」

「おいおい」驚いたように柴野は、ぼくと山名の顔を交互に見た。「なんだよ。じゃあ先生を殺したのはヘンシツシャじゃないって思ってんのか」

「別にそうじゃないとは言ってないよ。でもヘンシツシャの犯行だって断言できる材料もないだろ」

「だって、窓がガラス切りで開けられてたんじゃん。誰かが先生の部屋に押し入ったのは間違いないじゃないか」

「それはそうね。でもその人物が変質者とは限らないでしょ。最初から先生を殺すつもりで部屋に入っていったのかもしれない」

「ええっ！」

柴野は先生を殺したい人物がいたなんて考えには、かなり抵抗があるようだ。それもわからないでもない。ぼくだって先生が誰かに恨まれるような人だとは、どうしても思えないんだ。

「単なる通り魔の犯行じゃない可能性を示す事実が、実はあるの。この点が、一番問題になるんじゃないかな」

淡々と山名は言った。いよいよ核心に入ってきたかと、ぼくは少し緊張した。

「なんだよ。小出しにしないでさっさと言ってくれ」

柴野はちょっといらいらし始めたようだ。対照的に山名は、何も変わらない。

「先生は少し酔っていたらしいわ。どこかでお酒を飲んで帰ってきたのね。でもそれだけじゃなくって、解剖の結果、妙なものが検出されたそうよ」

「妙なもの？」

「うん。睡眠薬が検出されたんだって」

「……そんだけ？」

身構えていたぼくは、ちょっと拍子抜けした。先生が睡眠薬を服《の》んでいたとは知らなかったけど、大人なんだから別におかしくないだろう。それがどうしたって言うんだ？

「小宮山君は別に驚かないようね。ああ、そうか。小宮山君のお父さんて、お医者さんだったよね。だから睡眠薬なんて珍しくないのか」山名はひとりで言って、ひとりで納得している。「でもね、ミツコ先生は睡眠薬を服むような習慣はなかったみたいよ。まだその点は警察も調べている途中らしいけど、まず間違いないって。というのもね、先生は睡眠薬入りのチョコレートを食べていたのよ」

「睡眠薬入りのチョコレート？」

またぼくと柴野は声を揃えた。山名が言いたいことが、なんとなくわかってきた気がする。これはどうも、普通の通り魔殺人なんかじゃないんじゃないか？

「そう。先生の部屋にはね、食べかけのチョコレートがあったんだって。中にとろっとしたチョコが入ってる、これくらいの大きさのやつの詰め合わせ」山名は指で、直径三センチくらいの丸を作る。「先生はそのうちのふたつを食べてたんだけど、残っていたチョコ全部から睡眠薬が検出されたらしいわ」

「つまり先生は、自分で睡眠薬を服んだわけじゃなくって、誰かに服まされたってことだな」

柴野はわかり切ったことをわざわざ口にしたけど、今はそんな確認が大事だった。ぼくだって柴野が言わなければ、口に出して確認せずにはいられなかっただろう。

「チョコレートは宅配便で届けられたみたい。日中いない先生の代わりに、アパートの大家さんが受け取ってたんだって。でね、その差出人が問題なの。差出人はなんと、南《なん》条《じょう》先生だったらしいわ」

「南条先生！」

またまた、ぼくと柴野の大声が重なった。

5

南条先生はぼくらの隣のクラス、この話の情報源である山口のいるクラスを担任している先生だ。

南条先生は三十過ぎだけどまだ独身で、ミツコ先生が好きなんじゃないかとか、三組の桜井《さくらい》先生が好きなんじゃないかと、ぼくたち生徒の間ではとかく噂されている。ボディービルでもやっていそうな筋肉もりもりの体格で、けっこうかっこいい。少し厳しすぎるそうで直接受け持たれている生徒からはあまり人気がないけど、ぼくらのクラスの女子なんかは南条先生のファンだったりする。ともかく、ぼくらにとってはこんなところで南条先生の名前が出てくるのは、あまりに意外だった。

「な、南条先生がどうして、ミツコ先生に睡眠薬入りのチョコレートなんて送るんだよ」

柴野は少しつっかえながら、山名に訊き返した。そんな柴野に山名は、少し呆れたように眉を吊り上げて答えた。

「南条先生がチョコを送ったとは言ってないでしょ。南条先生の名前で、チョコが送られていたってだけのことよ」

「つまり、誰かが南条先生の名前を騙《かた》ったってこと？」

この質問はぼく。山名はぼくを見て、こくりと頷いた。

「たぶんね。だって、南条先生が本当に睡眠薬を入れていたなら、自分の名前が書かれている宅配便の伝票を残しておかないでしょ」

「おいおい。それって、南条先生が犯人でもおかしくないって意味かよ」

柴野が慌てたように言う。山名は少しいらいらし始めたようだ。

「だから、違うって言ってるでしょ。南条先生が犯人だとしたら、あまりにも馬鹿すぎるもの。先生がそこまで馬鹿なわけないわ」

「まあ、そりゃそうだよな」

納得して柴野は引き下がった。ぼくは腕を組んで、そのチョコレートの意味を考えようとした。

ちょうどそのときだった。それまでずっと黙っていた村瀬が、恐る恐るといった様子で「あのう」と言った。すっかり村瀬の存在を忘れていたぼくらは、思いがけない発言にきょとんとしてそちらに目を向けた。

「ちょっとそこのところは違うのよ。ミツコ先生の部屋に、南条先生の名前が残っていたわけじゃないの」

「どういうこと」

山名の表情に、初めて変化が見えた。どうやら村瀬の説明が足りなかったようだ。村瀬は申し訳なさそうに首を竦めて、もともと小さい声をますます細くさせた。

「あのね、南条先生の名前が書かれた宅配便の伝票は、現場からは見つかってないのよ。南条先生の名前は、荷物を預かってた大家さんが憶えていただけなの」

「そうなの？」山名は目を丸くしてから、少し咎《とが》めるような口調になった。「どうしてそんな大事なことを、ちゃんと説明しておいてくれなかったのよ。そこ、すごく大切じゃない」

「ごめんね。話すことがいっぱいありすぎて、つい忘れちゃったのよ」

村瀬は臆病な兎《うさぎ》みたいに、すっかり縮こまっている。山名は追及をやめて、「まあ、いいか」と言った。

「他に話し忘れてること、ないでしょうね。あるんだったら今のうちに言ってよ」

「たぶん、ないと思う」

びくびくと村瀬は答える。山名はそんな村瀬を安心させるように、にっこり微笑みかけると、ぼくらに向き直った。

「そういうことなら少し話が違ってくるわね。現場に伝票が残ってなかったのなら、ミツコ先生を殺した犯人が持ち去った可能性もあるから」

「うげっ」柴野は汚い呻《うめ》き声を上げた。「じゃあさ、やっぱり南条先生が犯人なのかな。あらかじめミツコ先生を睡眠薬で眠らせておいて、それから部屋に忍び込んで殺したってことだよな」

「そうかもしれないわよね」

あっさり山名は認める。柴野は「げげげげっ」と繰り返した。

「南条先生がミツコ先生を殺したのかよ。そ、そんな。すげーショック」

「何言ってんの」山名は遥か年上のような口調で、柴野を窘《たしな》めた。「そんな結論、推理とも言えないわ。犯人が南条先生の名前を騙った可能性だって、まだ否定されたわけじゃないんだから」

「そ、そうか。そうだよな。でも、おれ、南条先生が怪しいと思うな」

妙に確信を持って、柴野は断言した。前に南条先生に怒られたことでもあるんじゃないだろうかと、ぼくは横で聞いていて思った。

「確かめましょうよ」

山名はなんでもないことのように軽く言うと、すっと立ち上がった。ぼくは呆れて山名を見上げた。

「確かめるって、どうやって？　まさか南条先生に直接、『先生が殺したんですか』って訊くわけじゃないだろ」

「そのまさかよ」涼しい顔で山名は答える。「少なくとも、本当に先生がチョコを送ったのか、送らなかったのか、それははっきりするじゃない」

「ま、まあな」

ぼくも柴野と変わりない。すっかり圧倒されて、かくかくと頷いた。

「じゃあ、行きましょ。そろそろ二時間目が終わる頃だわ。南条先生はまだ学校にいるはずよ」

そう言うと山名は、ぼくらが立ち上がるのも待たずにさっさと公園を出ていった。ぼくも含めた三人は、お姫様につき従う家来のようにその後を追った。

6

ぼくら四人は誰も、南条先生に担任をしてもらったことがなかった。もちろんほとんど口を利いたこともない。だからなんとなくぼくは、噂で聞く怖いというイメージをそのまま抱いていた。

そんなぼくの内心とはぜんぜん違って、山名は南条先生を怖がる気持ちなどこれっぽっちもなさそうだった。なんとなく後込みするぼくたちを率いて、恐れることなくずんずんと学校に向かっていく。ぼくは柴野と話をする余裕もなく後を追いかけていたけど、校門に辿り着いてようやく息をついた。

「なあ、山名、本気かな」

前を行く山名には聞こえないよう、小声で柴野に話しかける。柴野は困ったような顔で答えた。

「そりゃ、本気だろ。あいつが冗談を言ってるとこなんて、見たことないぜ」

「そうだよなぁ」

まったく情けないとは思うが、でも無理もないんだとぼくは自分に言い訳する。だってそうだろう？　もしかしたらぼくたちは、ミツコ先生を殺した犯人と直面するかもしれないんだ。後込みするなと言う方が無理というものだ。

後ろでそんな会話が交わされているとはちっとも知らずに、山名は平然と上履きに履き替えている。ぼくらはいまさらやめようぜとも言えず、渋々とそれに従った。

一階にある職員室の前でも、山名はぜんぜんためらう気配がなかった。こちらが心の準備を整える暇もなく、さっさとドアを開けてしまう。そして一歩中に入ると、悠然とした態度で見回した。

すぐに、「取り込み中だから外に出ていなさい」と注意を受ける。それでも山名は何も聞こえていないような顔で、「南条先生」と大声で呼んだ。

「なんですか。南条先生は忙しいんだから、用があるなら後にして」

ドア近くにいた中年の女の先生が、繰り返し山名を窘める。もちろん山名は、いっこうに気にした様子もない。もう一度「南条先生」と声をかける。

「山浦先生のことについて、ちょっと話があるんです。聞いてもらえますか」

「なんなんだ」

ついに南条先生のキングコングのようなごつい体がこちらにやってきた。ぼくは思わず二、三歩後ずさってしまった。できることならこのまま逃げ出したかったが、女子を置いてそんな真似《まね》はできない。唾を飲み込んで、南条先生の怒鳴り声が降ってくるのを待った。

「お伺いしたいことがあるんです。山浦先生にチョコレートを送ったかどうか」

山名は遠慮もなく、堂々と正面から言った。いや、まったく大した度胸だと、ただ後ろに突っ立っているだけのぼくは感心した。山名は絶対、敵に回したくないね。

「チョコレートだと？」

正面から見た南条先生は、かなり険しい表情をしていた。鰓《えら》が張ってかなりごつごつした感じの顔が、眉を顰《ひそ》めることでますます厳《いか》つくなっている。今にも大声を浴びせられそうで、ぼくはもうまともに先生の顔を見ることができなかった。

ところが、覚悟した怒鳴り声はなかなか聞こえなかった。それどころか、南条先生は声を潜めてこう言ったのだ。

「その話、どこから聞いたんだ」

「すでに噂になっています。ですから南条先生に都合の悪い話が広まらないうちに、きちんと説明した方がいいと思いますけど」

鈍感なのか、度胸があるのか、山名はぴりぴりした南条先生の気配をまったく感じていないようだ。クラス委員としての仕事の報告をするように、淡々と南条先生に詰め寄る。南条先生はそんな山名の言葉に「うう」と低く呻いた。

「ちょっと、外に出ろ」

そう言うと、自分も廊下に出てきて後ろ手にドアを閉めた。そのまま先頭に立って、校庭の方へ向かおうとする。ぼくと柴野はホッと息を漏らして、先生と山名たちの後ろについていった。

7

また下履きに履き替えて、今度は校庭に出た。南条先生は怒ったように、むっつりと黙り込んで先を歩いている。柴野はまだなんとなくおどおどした態度をしているし、村瀬に至っては今にも泣きそうだ。でもぼくは怖いのを通り越して、開き直りの心境だった。ええい、もうどうにでもなれ。

南条先生は体育館の脇まで真っ直ぐに行くと、そこで立ち止まってようやくぼくたちを振り返った。山名は涼しい顔でその前に立つ。そしてもう一度、さっきの台詞《せりふ》を繰り返した。

「南条先生、本当に山浦先生にチョコレートを送ったんですか」

「どこでそんな話を聞いた」

とぼけるつもりか、南条先生は微妙な言い方をした。その話の出所を確かめようとする限り、チョコレートを送った事実を認めることにはならない。でも少なくとも、南条先生の名前でミツコ先生にチョコレートが送られていたことは知ってるんだ。まあ、当然警察から追及されてるだろうから、知ってるのが当たり前だけど。

「父母の噂って、すごいんですよ。警察が握っているようなことは全部、もう噂になってるんじゃないかしら」

対する山名も負けていない。むしろ南条先生をびびらせるようなことを言うのだから、一枚上手かも。

「山浦先生にチョコレートを送ったんですか」

答えてもらえるまで、何度でも繰り返すつもりかもしれない。山名の追及は容赦がなかった。

「お前たちにそんなことを答える義務はない。勝手な噂を流さないよう、釘を刺してやろうと思ったまでだ」

南条先生は獰猛《どうもう》そうに口許《くちもと》を歪めた。そんな表情をすると、整っている顔がものすごく凶悪に見える。柴野じゃなくても、やっぱり南条先生が犯人かもと思ってしまうほどだ。

そんな威嚇《いかく》に山名は、思いもかけない言葉で切り返した。

「南条先生、山浦先生からバレンタインデーにチョコをもらいましたか」

「なに?」

その質問は南条先生にとって、あまりに思いがけないものだったようだ。一瞬呆然とした表情を浮かべ、それをごまかそうとしてさらに慌ててしまう。ぼくは山名の質問の意味がわからなかったけど、急所をズバリ突いたのだけはよくわかった。

「義理チョコくらいはもらったんじゃないですか。山浦先生はまだ若かったし、南条先生も独身でしょ。別におかしいことじゃないですよね」

「それが……、どういう関係があるって言うんだ」

南条先生の声には、さっきまでの勢いがなかった。ぼくはふたりのやり取りがまだ理解できなかったけど、横で聞いていた村瀬は「あっ」と声を上げた。何かに気づいたようだ。

「おとといはホワイトデーでしたよね。南条先生はお返しをしたんじゃないんですか」

「ああ——」

そこまで言われて、ぼくと柴野はようやくわかった。なるほど、そういうことだったのか。ホワイトデーはもちろん、バレンタインデーにも縁がなかったぼくたちには、すぐにピンと来ないのもしょうがなかった。

南条先生は山名の容赦ない質問に、悔しそうに顔を歪めていたけど、どうやらとぼけとおすのは難しいと諦めたのか、渋々頷いた。

「そうだ。山浦先生からはチョコをもらったよ。もちろん義理だ。だからおれも、お返しのチョコを送った」

「どうしてわざわざ宅配便で送ったんですか。学校で手渡しすればいいじゃないですか」

「他の先生の目がある。あまりそういうことはしたくなかった」

「睡眠薬入りだから、他の先生に見られたくなかったんじゃないですか」

「違う！」南条先生はむきになって否定した。「おれは睡眠薬なんて入れていない。チョコレートを送ったのは事実だ。それは認める。警察にも正直に話した。でも、その中に睡眠薬なんて絶対に入れてないんだ！」

「警察は信じてくれましたか」

「どうだか知らん」南条先生は拗《す》ねたように口を尖らせる。「信じてくれようが、くれまいが、やってないことはやってないんだ」

「でも、ミツコ先生の部屋に残っていたチョコレートには、睡眠薬が入ってたんですよ。南条先生が入れてないんなら、どうしてそんなことになるんですか」

と口を挟んだのはぼく。南条先生の旗色が悪くなったから調子に乗ったわけじゃなく、思わず疑問を口にしてしまったんだ。

「知らん」南条先生の返事はあくまで短かった。「ともかくおれは絶対に入れてない。おれが入れてないんだから、山浦先生が自分で入れたんじゃないか」

「なんのために？」

「知らんよ！　おれだってこんなことになって、ものすごく迷惑してるんだ。こんなことならチョコレートなんて送るんじゃなかった。来年からは絶対、校内でのチョコのやり取りは禁止してやる。いいか、来年はバレンタインもホワイトデーもなしだぞ」

すっかり混乱したのか、南条先生は的外れなことを言って威張り返った。それについてぼくたちが何も言えずにいると、話は終わったとばかりにさっさと校舎に戻っていってしまう。ぼくは呼び止めようと思ったけど、これ以上訊くこともなさそうだった。

「おい、いいのかよ、あんな返事で」

それまで黙っていた柴野が、ようやく口を開いた。訊かれた山名は、ちょっと皮肉そうに肩を竦めた。

「まあ、しょうがないわね。あれ以上のことは何も答えてくれないでしょ」

それはぼくも同意見だった。

8

そのまま校庭に居続けると他の先生の目がうるさいので、ぼくたちはまた公園に戻ることにした。改めて南条先生の言葉を検討する必要があると思ったからだ。

「南条先生の言い分、本当かな」

公園に向かう途中から、柴野は疑《うたぐ》るようなことを言っていた。あくまで南条先生犯人説にこだわりたいようだ。

「もし嘘だったとしたら、もうちょっとまし な言い訳があるように思うけどね。ぼくたちが子供だから、言い訳するのが面倒だったのかもしれないけど」

ぼくは思ったとおりのことを口にした。なんとなくだけど、南条先生は適当な言葉でごまかしてるんじゃないように感じたんだ。

「そうよね」と頷く山名。「いくらなんでも、あれが言い訳だとしたらあまりにもお粗末だわ。あたしたちにはともかく、警察にはあんな言い分、通用するわけないもんね」

ぼくたちは公園に入っていくと、さっきまで坐っていたベンチに腰を下ろした。ぼくはまず、ひとつの提案をすることにした。

「ねえ、こういうのはどうかな。南条先生の言っていることは嘘かもしれない。本当かもしれない。それは今の段階では、ぼくたちには確かめようがないじゃない。だから前提条件として、南条先生の言葉は本当だということにしておいて、そこから少し考えてみないか」

「本当なわけないじゃん。だってよ、残されていたチョコレートから睡眠薬が検出されたのは事実なんだろ。だったら先生が嘘をついているとしか思えないぜ」

「そうとも限らない」ぼくは柴野の言葉に冷静に答えた。「チョコレートはすり替えられていたのかもしれない。だとしたら、南条先生がびっくりするのも当然だよ」

「同感ね。まず、すり替えの可能性を検証してみましょう。その結果、絶対にすり替えが不可能だということになったら、南条先生が嘘をついているということになるわ。それまでは小宮山君の提案どおり、南条先生の言葉が本当だということを大前提にしておきましょう」

珍しく山名が、ぼくの意見に賛成してくれる。ぼくは少しくすぐったかった。

「すり替えったってさ、そんなの不可能じゃん。だって、南条先生がチョコレートをミツコ先生に送ったってことを知らなきゃ、すり替えられるわけないぜ」

柴野はむきになって主張した。柴野はあまり考えるのが得意じゃない。体育の成績は抜群にいいけどね。ついでに言うと、ぼくは柴野よりも少しだけ勉強ができて、体育では少しだけ敵《かな》わない。その辺が友情の長続きしている理由かな。

「だから、プレゼントのことを知っている人がいたら、その人が犯人かもしれないわけじゃない。そういう人がいるかどうか、考えてみましょうよ」

「考えてわかるか、そんなこと？　南条先生が誰にそのことを話したかなんて、おれたちにわかるわけないじゃん」

「だから、考えてみようよ」山名がいらいらする前に、ぼくが間に入った。「ぼくは、南条先生はプレゼントのことを誰にも話してないんじゃないかと思う。秘密にしておきたいから、わざわざ送ったんじゃないかな」

「それは疚《やま》しい気持ちがあったからだろ」

「違う可能性もあるよ。例えば南条先生は単なる義理チョコのお返しのつもりじゃなかった。つまり、本当にミツコ先生のことが好きだった、とか」

「へえーっ」

驚くような感心するような、変な声を柴野は上げた。山名はこの意見をどう思うかと様子を窺《うかが》うと、けっこう感心したような顔をしている。

「なんとなくあの慌てようは、そんな感じかもね。小宮山君、なかなか鋭いじゃない」

「ま、まあね」

山名にそんなふうに言われることなんて初めてだから、ぼくはなんとなくどぎまぎした。

「でもそうだとしたら、すり替えが可能なチャンスはほとんどないわね。だって事前にプレゼントの件を知ることはできないわけだから」

「うん、それでね。その点では少し考えがあるんだ」

ぼくは自信を持って言った。

9

「ミツコ先生のアパートの大家さんに会いに行こう」

ぼくは立ち上がって、みんなを促した。ぼくの唐突な言葉に、柴野と村瀬はぽかんとしている。でも山名だけが、嬉しそうにニヤッとした。

「ああ、そういうこと。じゃあ、取りあえず行ってみましょうか」

そう言って、腰を上げる。柴野はまだ何もわかってないような顔だった。

「どういうことだよ。大家さんが嘘をついているかもしれないってことか？」

歩き出したぼくと山名を追いかけて、柴野が慌ててついてくる。その後ろにはもちろん村瀬も。

「嘘って？」

「だから、大家さんが南条先生の名前を出したのは嘘かもしれないって思ってんだろ」

「そうじゃないよ。だって南条先生自身がチョコを送ったことは認めてるんだ。大家さんが南条先生の名前を憶えていたのは、疑う必要がない」

「じゃあ、なんで」

「すり替えのチャンス、でしょ」

山名が横から口を挟む。その声はなんとなく、こんな成り行きを喜んでいるようだった。こうやってみんなであれこれ推理するのが楽しいのかもしれない。ちょっと不謹慎だけど、実はぼくも面白いなと思っている。

「そう」説明役を取られてはたまらないので、ぼくが慌てて引き継いだ。「南条先生が発送するまでは、すり替えのチャンスなんてなかったはずだろ。だったら大家さんが受け取った後ですり替えられたとしか考えられない。となると、一番の容疑者は大家さん、てことになる」

「そうか!」柴野はものすごく感心したように、大声を上げた。「コミ、意外と頭いいじゃん!」

意外と、というのはどういう意味なんだと思ったけど、それはあえて言わずにおいた。いったい、これまでぼくのことをどういうふうに思ってたんだ?

「動機は?」

山名は冷静な指摘をしてくる。ぼくは「さあ」と首を傾げた。

「そんなこと、それこそ考えてわかることじゃないよ。でも大家さんとのトラブルなんて、いかにもありそうじゃない。あのミツコ先生がトラブルなんて起こしそうにないけどさ、大人のことはぼくらから見ただけじゃわからないだろ」

「そうね。そのとおりだわ」

山名は納得してくれたようだった。こちらの言うことに山名が素直に同意してくれるなんて、あまりにも珍しい。逆に、何か別のことを考えているんじゃないかと心配になったけど、クールな顔つきからは何もわからなかった。

ちょっとそれきり会話は途切れた。ぼくたちは黙々とミツコ先生のアパートを目指した。アパートに入ったことこそなかったけど、場所は知っている。入居者が女の人ばっかりの、かわいらしい外見のアパートだった。

十五分くらい歩いて、ようやくアパートに到着した。屋根が緑色、壁が薄いピンクの、メルヘン調の建物だ。入り口にある集合ポストを見たら、二階が全部アパートになっていて、大家さんは一階に住んでいるらしい。ぼくたちは門扉を開けて、一階のドアチャイムを押した。

はあい、という声とともに現れたのは、あまり身なりにかまわないおばあさんだった。髪の毛がぼさぼさで、しわくちゃの目許には目やにが浮いている。ひと目見ただけで《頑固》とわかるような顔つきだった。うわ、これはミツコ先生も大変だったかも、と内心で思ったけど、もちろんそんなことは口にしない。

「なんの用？」

大家さんはぼくたちをギロリと見回すと、ぶっきらぼうに言った。それに応えて、山名が一歩前に出る。男としては情けないけど、やっぱりこういうときは山名の出番だ。

「あたしたち、山浦先生の教え子だったんです。それで、先生が亡くなったときのことについて、ちょっとお伺いしたいんですけど」

「何をだい？　あたしが知ってることなんて、何もないよ」

大家さんの態度は、とても友好的とは言えなかった。手強《てごわ》そうだな、とぼくは感じたけど、山名はいったいどう思っているんだろう？

「先生はいい住人でしたか。アパートの他の人とのトラブルとかはありませんでしたか」

大家さんのつっけんどんな態度など、ぜんぜん気にした様子もない。山名の性格はかなり以前から知っていたけど、こういうことに向いているとは思わなかった。将来は刑事にでもなったらいいんじゃないかな。

「何が言いたいんだい？　ここの住人が山浦さんを殺したとでも思っているの？　うちだってね、店子《たなこ》に死なれたりして迷惑してるんだ。変な評判は立てないで欲しいね」

店子という言葉は初めて聞いたけど、どうやら部屋を借りている人のことを言うらしい。口調は荒っぽいけど、まあ大家さんとしては普通の反応かもしれなかった。

「大家さん自身は、先生のことをどう思ってましたか。先生はいい住人でしたか」

山名はもう一度繰り返し尋ねた。大家さんの本音を引き出したいんだろう。そのつもりでやってきたんだから、しつこく訊くのも当然だ。

それに対し大家さんは、ギロリと目を剝《む》いてぼくらを睨んだ。

「ああ、いい住人だったよ。一応学校の先生だからね、こっちだって信頼して部屋を貸したんだ。細かいことを言えばいろいろあるけどさ、まあましな方だったね」

「そうですよね。じゃあ、もうひとつ。先生宛に送られてきた荷物を預かることは、これまでにもよくあったんですか」

「あったよ。それがどうかしたの？」

「先生が亡くなられた日にも、荷物を預かりましたよね。それはいつ受け取って、いつ先生に渡したんですか」

「なんでそんなことを訊くんだい？　まあ、いいけどさ。時間は正確には憶えちゃいないけど、四時過ぎだったと思うよ。宅配便の人が預かってくれと言うから、いいよって受け取ったんだ。何も山浦さんだけの荷物を預かっているわけじゃない。大家だからね、当然のことだよ」

「こちらで預かっていることは、不在伝票か何かを配達業者が先生のところに置いて知らせてあったんですか」

「そうだよ。いつもそうしてもらってる」

「で、先生に渡したのはいつです？」

「あの日はね、山浦さんはけっこう遅く帰ってきたんだ。十時過ぎだったかね。荷物を引き取りに来るにゃ少し非常識な時間だと思ったけど、別にこっちも寝てたわけじゃないし、何も言わずに渡したよ。山浦さんは少し酔っぱらってるようだったしね」

「先生が自分で受け取りに来たんですね」

「そうさ。それがどうしたって言うんだい？　なんか事件に関係あんの？」

「いえ、特にそういうわけでは。ところで、包みの中身はなんだったか、ご存じでしたか」

「さあ。何か食べ物だと伝票には書いてあったけど、それ以上は知らないよ。別にその食べ物に毒が仕込まれてたってわけじゃないんだろ。ああ、そうか。その差出人のことが気になるんだね」

「名前を憶えてたんですよね。どうしてですか。いつも差出人の名前なんて確認するんですか」

山名が遠慮なく尋ねると、大家さんはいやそうな顔をした。

「なんだい。あたしが店子の生活に干渉しているとでも言いたいのか。そりゃあ、親御さんから預かった大事な娘たちだからね、少しは目を光らせてはいるさ。でもね、いちいち差出人の名前まで憶えているわけじゃないよ。あのときはたまたま、芸能人みたいな名前だったから頭に残っただけだよ」

ちなみに南条先生の下の名前は、武彦《たけひこ》という。確かにかっこいい名前だ。

「なるほど、よくわかりました。どうも失礼しました」

山名はぺこりと頭を下げて、後ろに控えていたぼくたちに、「行こう」と言った。すべてを山名に任せきりだったぼくたちは、いまさら偉そうなことを言えたものでもないけど、少しあっさりしているように思った。もうちょっと追及してもよかったんじゃないのか？

でも大家さんを目の前にしてそんなことは言えず、山名はさっさと立ち去ってしまうので、ぼくらも慌てて頭を下げてその場を失礼した。大家さんはニコリともせず、扉を乱暴に閉めた。

10

「なあなあ、あの程度でいいのかよ。あの大家さんが犯人かもしれないんだろ。なんか、やな感じじゃん。いかにも先生を殺しそうだよな」

アパートを少し離れてから、周りを気にするようにして柴野が言った。ぼくは柴野と同意見というわけじゃないけど、山名が何を考えているのか知りたかった。

「小宮山君の推理をいきなり否定したくなかったから黙ってたけど、あたしは最初から大家さんが犯人じゃないと思ってたのよ」

歩きながら山名は、なんでもないことのようにそう言った。なんだって、とぼくは耳を疑った。

「どういうこと？　何か、ぼくの推理に穴があったのかな」

「いくつかあるわ。あたしがわざわざ大家さんを訪ねたのは、その穴を確認したかったから」

「例えば？」

山名の自信たっぷりの口調に、ぼくはたちまち不安になった。こんな言い方をする場合、山名が間違っていることはまずないのだ。山名は天気の話でもするように、あっさりと続けた。

「まずひとつ目。大家さんなら当然合い鍵を持っているはずよね。だったらわざわざ窓をガラス切りで開けてまで、先生の部屋に侵入する必要はなかったんじゃない？」

「ああ、そうか」

と簡単に納得する柴野。ぼくはそんな柴野に腹を立てながら、反論した。

「だから、それはギソウの可能性もあるじゃない。鍵がきちんと閉まってて死んでたら、合い鍵を持っている人が真っ先に疑われるだろ」

「そうね。だからこれは決定的な否定材料とは言わないわ。もうひとつ、小宮山君がすっかり忘れている点がある。大家さんはその日になるまで、ミツコ先生にチョコが送られてくることなんて、ぜんぜん知らなかったってこと。だから以前から先生を殺すつもりだったにしろ、そのチョコを利用しようと思いつくのはその場でのことだったはず。そうでしょ」

「ま、まあそうだよね」

確かにそこまで深く考えてはいなかった。でも、それがどうしてぼくの推理を否定することになるんだ？

「じゃあ、やっぱり大家さんが犯人だったと仮定して、事件当日の気持ちの動きを考えてみましょうか」山名は理解の遅いぼくたちに教えるように、こちらの表情を窺いながら言った。「何かの理由で大家さんは、前々からミツコ先生を殺してやろうと考えていた。ちょうどその頃、ミツコ先生宛の食べ物が入った小包を預かる。大家さんはこれを利用しようと考えた。さて、この時点で時刻は四時。それから計画を立てて準備を始めたとして、果たして先生が帰ってくるまでにできるかしら？」

「ああ」ようやくわかったように、柴野が声を上げた。「それは、ちょっと難しいよな。その日はたまたまミツコ先生の帰りが遅かったけど、ふだんは夕方には帰ってくるはず。

だったら実質一時間もないだろ。その間に睡眠薬を用意して、どうやってチョコに入れたかわからないけど、まあ注射器かなんかを使ったとして、それを準備するにはいくらなんでも時間が足りなすぎる」

まったくそのとおりだった。ぼくは何も言えず、ただ黙っていた。

「もちろん、たまたま睡眠薬と注射器が手許にあった可能性はあるわ。でも、そんな確率は果てしなく低いでしょ。一歩譲ってその偶然が起こったとしても、包装紙を破らずに綺麗に開けて、それからチョコの包装も開けて、注射器でチョコに睡眠薬を注入し、また元のとおりに包み直すなんてこと、実際にあのおばあさんにできるかしら。かなり目が悪そうだったわよ」

「おっしゃるとおり！」ぼくはやけっぱちになって、叫んだ。「確かに山名の言うとおりだよ。ぼくも会ってみて、あの大家さんが犯人だとするにはちょっと無理があると思った。でもそうしたら、チョコのすり替えをするチャンスがあった人がいなくなっちゃわないか？　その点はどう考える？」

「うん。そうね」山名はぼくの質問に答えようとしなかったが、でもまったく考えがないわけではなさそうだった。「すり替えのチャンスがないなら、やっぱり南条先生が睡眠薬を入れたことになるかしら。実を言うとね、あたし、それでも別におかしくないかな、とは思ってるのよ」

「えっ？　それ、どういうこと」

柴野が驚いて口を挟む。ぼくも山名の口調の厳しさに、ちょっとびっくりした。

「あたし、南条先生嫌いなの」

山名は聞き間違えようのないほどはっきりと、もう本当にきっぱりと、言い切った。

南条先生は女子に人気があるので、山名のこの言葉にはびっくりした。

「どうして？　けっこうかっこいいじゃん。南条先生のことが好きな奴は、割と多いんじゃないの。なあ、村瀬だって好きだろ？」

柴野が後ろから黙ってついてきている村瀬に話を振った。だが意外にも村瀬は、その問いかけに首を振った。

「ううん。あたしも嫌い」

「どうして？」

柴野が心底不思議そうに訊くと、村瀬はしばらく迷った末に答えた。

「……なんか、裏表がありそうで、やだ」

「そうなのよ」と山名は、力を得たように言う。「南条先生ならああいうこと、いかにもしそうだと思う。本当にミツコ先生に気があったんなら、なおさら」

「どういう意味？」

山名が仄《ほの》めかしていることが理解できず、ぼくは頭が混乱した。いったい山名は何を考えているんだろう？　まさか、ぼくたちが知らない何かを握っているんだろうか。

「やっぱり、もう一度学校に行ってみようか。南条先生とゆっくり話がしたいわ」

山名はぼくの質問に答えず、そう提案した。ぼくと柴野は、わけがわからずただ頷くだけだった。

11

そうと決めると、山名は早足になった。話しているうちに、南条先生に確かめたいことでも出てきたのかもしれない。ぼくらは山名に取り残されないよう、一所懸命ついていかなければならなかった。

学校に着いた頃には、昼休みになっていた。ぼくたちのクラス以外の生徒が、次々に校舎から出てきている。その流れに逆らって校舎に入り、職員室に向かった。

また例によって、山名が先頭に立ってドアを開ける。今度はぼくたちも一緒に中を覗き込んで南条先生を捜したけど、すぐには姿が見つからなかった。

南条先生がどこに行ったか訊こうにも、先生たちはみんな、忙しそうに電話をかけたりうろうろしたりしている。やっぱり先生が殺されるなんていう異常事態に、先生たち全員が混乱しているようだった。

「どうしたの?」

声をかけられずにただ突っ立っているぼくたちを気にしてくれたのか、そう尋ねてくれる先生がひとりだけいた。三組担任の桜井先生だ。桜井先生もミツコ先生と同じく、まだ若い。ミツコ先生ほど美人じゃないけど、それでも優しいので三組のみんなには好かれているようだ。桜井先生は職員室に入り込んだぼくたちを叱る様子もなく、手にしていた書類を机に置いて近寄ってきた。

「南条先生はいらっしゃらないですか」

山名が尋ねると、桜井先生は少し心配そうに眉を顰めた。

「南条先生は、ちょっと用事があってもう帰られたのよ。何かお話があった？」

「ええ、ちょっと。本当に帰ったんですか」

無遠慮に山名は訊き返す。それでも桜井先生は、怒ることもなく頷いた。

「そうだけど、どうして？」

「例えば、警察に呼び出されたとか」

「どうして、そんなことを……」

桜井先生は山名の言葉にちょっとびっくりしたようだった。山名の当てずっぽうを、ほとんど認めてしまっている。ふうん、やっぱり警察も南条先生のことを怪しんでいるのか。ぼくは言葉に出さずにそう思った。

「南条先生が山浦先生にチョコレートを送ったことは、そのうちみんなに知れ渡ると思います」

さすがの山名も、他の先生には聞こえないように声を落としていた。それでも桜井先生は、棒でぶん殴られたように目を丸くした。

「そ、そのチョコレートが事件に何か関係あるの？」

桜井先生は慌てた素振りを隠し切れていなかった。どうやら桜井先生は、チョコレートのことは初耳だったらしい。

「さあ、あたしはよく知りません」山名は白々しくとぼけた。「明日、南条先生に直接訊いてください。それでは」

ぺこりと頭を下げて、行こうとぼくたちを促す。ぼくらも桜井先生にお辞儀をして、職員室を出た。ドアを閉める間際にもう一度桜井先生の顔を見ると、不安でいっぱいといった表情だった。なんとなくぼくは、申し訳ないことをした気持ちになった。

「ねえ、そういえばさぁ」靴を履き替えていると、思い出したように村瀬がぽつりと言った。「南条先生と桜井先生が付き合ってるって噂、あったよね」

「何、それ？」柴野がすぐに訊き返す。「そんな噂あったの？　おれ、知らないよ」

「うん、あったのよ。ただの噂ってわけじゃなくって、なんとなくあたしもホントかなと思ってた。さっきの不安そうな顔を見たら、やっぱりそうなのかもね」

これまでほとんど喋らなかった村瀬だが、こういうことだと何か言いたくなるらしい。やっぱり女子は噂が好きなんだなと、変なところで感心した。

「でもさあ、南条先生はミツコ先生のことが好きなんじゃないの？　さっきまでそういうことになってたじゃんか」

校門を出たとたんに、遠慮のないことを柴野は言う。まあ、確かにその疑問ももっともだ。もし南条先生と桜井先生が付き合っているなら、もう一度一から考え直さなきゃならなくなる。南条先生はどうして、ミツコ先生にチョコを送ったのか？　やっぱりそれは単に、義理チョコのお返しに過ぎなかったのか。

「まあ、その話は今は措《お》いといていいと思うわ。問題は南条先生が送ったチョコに、どうして睡眠薬が入っていたのか、よ」

山名が逸れかけていた話題を、強引に戻した。女子でもその手の噂が好きじゃない奴もいるようだ。

「さっき、そのことでは妙なこと言ってたよな。南条先生ならそういうことをしてもおかしくない、ってなことをよ」

ちょっと混乱気味なのか、柴野はいらいらした口調だった。それはぼくも訊きたいことだった。山名はどうして、南条先生が犯人でもおかしくないと思ってるんだ？　担任でもないのに、どうして南条先生のことをそんなに知ってるんだろう。

「南条先生は女子からちやほやされているのが好きなのよ。自分がもてるって状況を、すごく気に入っているわけ。それにも気づかないでキャーキャー言ってる子はいるけど、あたしは馬鹿馬鹿しいと思う。あんな、スケベ心丸見えの男」

吐き捨てるように山名は言った。そこには個人的な恨みが籠《こも》っているようですらあった。

「お前、そんなに南条先生のこと知ってるのかよ。なんかあったの？」

気を使わない柴野は、ストレートに訊き質した。ぼくにはとてもそんな勇気がない。恐る恐る山名の様子を窺うと、安心したことに怒ってはいないようだった。

「南条先生は図書委員会の先生でもあるでしょ。それでちょっと接触する機会があっただけ。少し話をすれば、あんな人の本性くらい、すぐ見抜けるわ」

「そういうもんかね。よくわかんねえな」

柴野は理解を投げたようなことを言った。ぼくたちはまたなんとなく、初めに集まった公園に戻ってきた。

「だからあたしは、南条先生が犯人でもおかしくないかなと思っているのよ。チョコレートに睡眠薬を入れたのも、南条先生。その目的は、いくら誘っても振り向いてくれないミツコ先生に、強引に近づくため」

ベンチに坐ると、山名は催促される前に自分の推理を披露し始めた。ぼくたちは黙って、山名の言葉に耳を傾けた。

「強引に近づくって、何？　それって、もしかして……」

なんとなく話がいやな方向に向かい始めているので、ぼくは最後まで言葉を続けられなかった。山名ははっきり頷くと、言いにくいことをそのまま続けた。

「そう。南条先生は下心があったんでしょうね。チョコに睡眠薬を入れておけば、何をしてもわからないはずだと考えた。そこで時間を見計らって、窓を破って部屋に侵入する。でもその日はたまたま、ミツコ先生は帰りが遅くてチョコを食べたばっかりだった。

まだ睡眠薬が充分に効いていないのに、南条先生は部屋に侵入する。自分の計算が狂ったことで、びっくりしたでしょうね。もうやけっぱちとばかりに、力ずくで迫ろうとしたけど、当然ミツコ先生は抵抗する。揉み合っているうちにミツコ先生はクローゼットにぶつかり、落ちてきた時計でたまたま頭を打って死んでしまった。南条先生は慌てて、せめて自分の名前が残っている伝票だけを持ち去った。本当ならそのまま、南条先生の名前は浮かばないはずだったのに、偶然大家さんが名前を憶えていた。こんな推理で、まあ妥当なんじゃない」

一気に山名は言うと、ぼくたちの顔を見回した。ぼくはその理路整然とした推理に、ただただ感心した。

「それ、正解だよ！　うん、その推理で間違いない。山名、お前、名探偵だな！」

興奮して柴野は声を大きくした。山名は面白くもなさそうに肩を竦めた。

「一応矛盾点はないはずよね。あたしは伝票が現場に残っていたとばかり思ってたから、南条先生が犯人のわけないと考えてた。いくら慌てていたとしても、それじゃああまりに間抜けすぎるからね。でも、実際はそうじゃなかった。そのことをしいちゃんから聞いて、今の推理を組み立てたわけ。本当はもっと面白い推理の方がいいんだけど、まあ現実はこんなものかもね」

「それ、警察に言わなくていいのか？」

「いいでしょ。警察だって馬鹿じゃないわ。こんなことくらい、すぐに気づくはずよ。

現に今、南条先生は呼び出されているみたいだし。明日になったら逮捕されたって話が聞こえてくるかもよ」

「そうかー。残念だな」

柴野はチッと舌打ちする。それはどういう意味だと、ぼくは柴野の顔を見た。

「何が残念なんだ?」

「だってさ、山名が解決したら、小学生名探偵ってことでマスコミに騒がれるじゃん。そうしたらおれも、その友達ってことでテレビに出られたかも」

柴野はすでにその妄想を頭の中で広げているようだった。ニヤニヤして遠くの方を見ている。ぼくはその頭を軽く小突いた。

「ばーか。山名はそんなふうに騒がれても、ただ迷惑なだけだよ。なっ」

同意を求めると、山名は「そうね」と苦笑いした。村瀬が口許を押さえて、クスッと笑った。

12

家に帰ってからもずっと、南条先生が逮捕されたという連絡が来ないかと、どきどきしていた。ぼくがどきどきする必要なんてまったくないんだけど、自分たちだけが事件の真相を知っていると思うと、やっぱり緊張してしまう。ぼくはもう、ミツコ先生は南条先生に殺されたと信じて疑わなかった。山名の推理にそれだけ説得力があったということだけど、理由は他にもある。山名の口から告げられた南条先生の人柄に、ぼくもいやな印象を持ったからだった。

ところが、いつまで経っても緊急連絡網は回ってこなかった。早耳の村瀬のお母さんのところにも、何も情報は伝わってこないようだ。ということは、南条先生は今日のところは逮捕されずに警察から帰ってきたということだろう。夕ご飯を食べる頃には、ぼくの緊張もすっかり解けてしまっていた。

ご飯を食べながら、ぼくは南条先生の話題を持ち出してみた。というのも、母さんはPTAで顔が広く、村瀬のお母さんほどではないにしても、けっこういろいろな話を知っているからだ。南条先生は本当にミツコ先生のことが好きだったのか、桜井先生との関係はどうなのか、その辺のことを聞き出したかった。

「あのさあ、南条先生って、好きな人いるのかな」

ぼくの唐突な言葉に、母さんは少し目をぱちぱちさせた。

「何よ、突然。なんの話？」

「一組の南条先生だよ。知ってるでしょ。ボディービルやってるみたいな、けっこうかっこいい男の先生」

「ああ、ああ」母さんはようやく思い出したように、三回も頷いた。「あの先生ね、うん、そりゃ人気あるわよ。かっこいいし、若いもんね。それがどうかしたの？」

「うん、南条先生はもしかしたら、ミツコ先生が好きだったのかなぁと思って」

「ミツコ先生を？　どうして？」

「どうしてって……」改めて訊かれても、返事に困った。「ふたりとも独身だし、美男美女だからお似合いじゃない。それなのにミツコ先生が殺されちゃって、悲しいんじゃないかなと思ったんだよ」

「あら、でも南条先生はミツコ先生じゃなくって、三組のなんとかって先生と付き合ってるって話を聞いたことあるわよ」

「三組の先生って、桜井先生？」

「そうそう、その人」

あっさりと認める。母さんまで知ってることだったのかと、ぼくはいまさらびっくりした。知らないのはぼくや柴野みたいな、そういうことに鈍感な男子だけだったりして。

「それって、本当のことなの？」

「さあ」母さんは首を傾げた。「ただの噂だからね、本当かどうかはわからないけど、でもふたりが一緒に歩いているところを見た、なんて話もあったからね。別に付き合っててもおかしくないんじゃない」

「そうなんだ――」

じゃあ南条先生は、最初は桜井先生と付き合ってたけど、最近になってミツコ先生に乗り換えようとしていたってことなんだろうか。うーん、ますます許せないな。警察も早く逮捕すればいいのに。

「そんなことはどうでもいいけど、新しい先生はいつ来てくれるのかしらね。いつまでも教頭先生に代わりをしてもらうわけにはいかないでしょうに」

母さんはぼくがどうしてそんなことを言い出したのかなんてことはぜんぜん気にせず、いやになるくらい現実的なことを言った。明日からしばらくの間は、教頭先生が授業をしてくれることになっている。急遽《きゅうきょ》新しい先生を探すことになったらしいけど、そうそう簡単には見つからないんだろう。それにともかく、ミツコ先生を殺した犯人が捕まらないうちは、ぼくたち生徒は勉強どころではない。といって、南条先生が逮捕されたりしたら、今以上に学校は大騒ぎになるんだろうけど。

「別にいいよ。このまま学校がずっとお休みでもいいのに」

ぼくが半分冗談のつもりでそう言うと、母さんは真面目に受け取って眉を吊り上げた。

「何言ってるの！　来年は中学受験なのよ。お父さんみたいにお医者さんになるには、今からいっぱい勉強しないと駄目なんだから」

教育ママの典型のようなことを、平気で言う。まったく、今どきこんな母親も珍しいよな。まあぼくも将来は医者になろうと思っているから、逆らうつもりはないけどね。

「お父さんは今日も遅いの？」

ちょっと風向きが悪くなってきたので、強引に話を逸らした。母さんはちょっと不機嫌そうだったけど、仕方なさそうにぼくの質問に答えた。

「また学会の打ち合わせだって。医者って、患者の面倒を見てるだけじゃ駄目なのよね」

「そう」

父さんは開業医じゃなく大学病院に勤めているから、サラリーマンと変わりない。いつもなんだかんだと用があって、帰ってくるのは遅い。母さんは少し寂しいんじゃないかとぼくは密かに思っているけど、それでもぼくには医者になってもらいたいようだ。母親の気持ちは複雑なもんだ。

「最近、この辺りじゃ強盗が出てるって言うから、お父さんの帰りが遅いと怖いんだけどね。真司も戸締まりには気をつけてね」

母さんは心細そうにそう言った。ぼくは素直に頷いたけど、少し心に引っかかるものがあった。強盗という言葉に反応して、何か胸の中でもやもやするものが生まれたんだ。

ご飯を食べ終えて、お風呂に入っている間も、母さんの言葉が気になって仕方なかった。強盗、強盗、頭の中でそう呟いてみる。自分でも何が気になっているのか、あまりよくわからなかった。それがミツコ先生の事件に関わることだという点だけは、はっきりしていたけど。

ぼくはベッドに入っても、いろいろ考えすぎてなかなか寝つけなかった。南条先生の性格、桜井先生との噂、ミツコ先生に送られたチョコレート、ホワイトデー、そして強盗。そんなデータが頭の中を飛び回り、あっちこっちでぶつかってはくっつき、離れ、そして妙な形に落ち着き始めた。ぼくは自分で考えた結論に、自分でびっくりした。

13

次の日の朝礼で、ようやくミツコ先生の事件が全校生徒に告げられた。もうその話はその場の全員が知っていたので、誰ひとり驚かない。誰かが泣き出すかなと思ったけど、意外と静かな朝礼だった。校長先生の綺麗事ばかりの説明に、みんな白けていたんだろう。最後に一分間の黙禱《もくとう》をして、何もかも嘘臭い朝礼は終わった。

一時間目から、教頭先生が時間割どおりの授業を始めた。教頭先生は生徒の前に立って教えるのが久しぶりのせいか、ぼくらから見ても硬くなっていた。少し早口に、教科書どおりのことをべらべらと喋って終わらせたような感じだった。

それでも二時間目以降はやっと調子を取り戻したらしく、ようやく授業らしい雰囲気になってきた。こうやって時間を過ごしていくことで、ぼくたちはミツコ先生の死を忘れていくんだろう。そう考えると、少しミツコ先生がかわいそうになった。考えてみれば、ぼくも含めて探偵の真似事をしていた四人は、ひとりとして先生のために泣いていない。ぼくらにとってミツコ先生は、いったいどういう存在だったんだろう?

給食の時間になっても、ぼくはあまり食欲がなかった。それに気づいた柴野が、「どうした?」と心配してくれたけど、ぼくは曖昧に答えるだけにしておいた。こんな、周りに大勢いるところで話せることじゃない。ちょっと後で屋上に行こうと誘うと、柴野は何かを感じたようで黙って頷いた。

給食を食べ終わって、「行こう」と柴野を促した。柴野はぼくがなんの話をしようとしているのかわかっているようだった。山名と村瀬はどうすると訊くので、迷ったけど結局声をかけることにした。ぼくの推理はなるべく大勢に聞いてもらった方がいい。できることなら、ぼくは自分の考えを否定してもらいたかったんだ。

四人で屋上に上がり、他の人たちから離れたところで固まった。ぼくの表情を見て、まず真っ先に山名が口を開く。

「何か、新しい考えでも浮かんだの？」

「そうなんだ。悪いけど、聞いてくれるかな」

そう言うと、三人は当然とばかりに頷いた。ぼくは重い気持ちを振り切って、話を始めた。

「最近うちの近所で、強盗が出てるらしいんだ。そんな話、聞いてないか」

「聞いたわ。それがどうかしたの？」

「うん。その強盗って、ミツコ先生の事件とはなんの関係もないのかな」

「えっ？　その強盗が先生を殺したかもしれないってこと？　じゃあ、チョコレートの睡眠薬はどうなるのよ」

山名が当然の反論をしてくる。ぼくは少し俯《うつむ》いて、首を振った。

「そうじゃない。強盗はたぶん、先生が死んだ後で侵入したんじゃないかな。部屋の電気は先生を殺した犯人が消していったんだろう。だから強盗は、部屋の中に誰もいないと思ったんだ。ところがそこには先生の死体があった。それでびっくりして、何も盗《と》らずに逃げたんだよ」

「どうしてそんなことが言えるの？　窓をガラス切りで開けたのは殺人犯じゃなく、強盗だったって言いたいんでしょう」

「そうだよ。その強盗も、やっぱりそういう手口を使うんだって。だから窓を破ったのは強盗だと考えても、ちっともおかしくないはずだ。むしろ南条先生なら、なんとなくイメージに合わないと思わないか。あの体の大きい先生が、ガラス切りで窓を開けて部屋に侵入するなんて」

「イメージだけじゃなんの根拠にもならないわ。その強盗が捕まって、ミツコ先生の部屋にも入ったと自供しない限り」

「そうだね。でも逆に言うと、南条先生が窓を破ったって証拠もないわけじゃない。だったら今からぼくが言う推理も、もしかしたら成立するかもしれない」

「いいわ。聞かせて」

　山名は納得して引き下がった。あとのふたりは、ぼくらのやり取りに圧倒されたのか黙り込んでいる。ぼくは先を急いだ。

「窓を破って部屋に侵入したのは、殺人犯とは別人だったとする。だとしたら犯人は、いったいどこから侵入したんだろう。答えはひとつ。侵入なんてしてないんだ。だってミツコ先生が自分からドアの鍵を開けたんだから」

「そんなに南条先生と親しかったってことか？」

ようやく柴野が発言する。ぼくは首を振った。

「そうじゃない。そんな関係だったら、わざわざチョコレートに睡眠薬を仕込む必要もないだろ。とは言っても、ぼくはチョコレートに睡眠薬を仕込んだのは南条先生じゃないと思っているけど」

「じゃあ、誰だ？」

「もちろん、ミツコ先生を殺した犯人さ」ぼくは断定した。「ぼくは大きな勘違いをしていた。チョコレートに睡眠薬を入れるチャンスがあったのは、大家さんひとりだけじゃない。犯人には当然、そのチャンスがあったはずなんだよ」

「どうして？　チャンスがあった人は、南条先生以外にいないじゃないか。それなのに、南条先生が犯人じゃないって言うのか？」

「そうだよ。こういうのはどうだろう。犯人は呼び鈴を鳴らして、堂々とドアから部屋の中に入った。ミツコ先生もその人のことをぜんぜん警戒しなかったんだ。犯人は部屋に入り、隙を見てチョコレートをすり替える。あらかじめ用意してあった、睡眠薬入りのチョコレートとね」

「……えっ？」

柴野は意味がわからないようだった。村瀬は不安そうな顔でぼくを見つめている。ぼくはもう一度繰り返した。

「犯人は最初から、ミツコ先生を殺すつもりで訪ねていったんだよ。チョコレートに入れた睡眠薬は、もちろん先生が抵抗できないようにするためのものだ。つまり犯人は、ミツコ先生が睡眠薬で朦朧《もうろう》となっていなければ、殺す自信がなかったんだ。だから南条先生が犯人のわけはない」

「じゃあ、犯人は女性？」

と山名。ぼくはこっくりと頷いた。

「そう。犯人女性説は、これから言うことでも証明される。どうして犯人は、南条先生の送ったチョコレートをすり替えることができたのか？　だってそうだろう。あらかじめ用意しておくには、南条先生がどんなチョコレートを送ったか知っていなければならない。それとまったく同じ物を買って、その中に睡眠薬を入れて持っていかなきゃいけないんだから。そう考えると、包装はどうしたかって問題もクリアーできる。お店で包んでもらう包装紙はなんとかなるとしても、もともとチョコの箱を包んでるセロファンは、素人がどうにかできるものじゃないだろ。でもミツコ先生は細工の跡にも気づかず、睡眠薬入りチョコを食べてしまった。それは先生のところに送られてきたチョコに細工してあったからじゃなくって、包装を開けた後にすり替えられたからなんだよ」

「なるほど」

　柴野が感心したように頷く。「それで」と山名が先を促した。

「うん、それで、だ。犯人は南条先生が送ったチョコがどこの製品か知っていた。それはつまり、これまでに自分も同じチョコを、きっと何度ももらったことがあるからじゃないか。南条先生は付き合っている女の人に、いつも同じチョコを送っていたんだ。だから犯人は、自分から離れていった南条先生がミツコ先生にどんなチョコを送ったか、予想をつけることができたんだよ」

「南条先生と付き合っていた人……って？」

　柴野が恐る恐るといったように問い質してくる。ぼくは俯いて、その名前を吐き出した。

「桜井先生だよ」

　一瞬、重苦しい沈黙がぼくたちの間に漂った。話の流れから、きっと予想はついていただろう。それでもはっきり名前を聞いて、みんないやな気持ちになったに違いない。ぼくもこんなにいやな思いをしたことはなかった。

「なるほどね」沈黙を最初に破ったのは、やっぱり山名だった。「桜井先生がミツコ先生を殺した動機は、嫉妬《しっと》ってわけね。うん、すごく納得いく結論だと思うわ」

　いつもの断定的な口調だった。ぼくはそれを聞いて、自分の推理が間違っていないと確信してしまった。山名に認められたのだから、間違っているはずがなかった。

「それで、どうするの？　そのことを警察に言うの？」

昨日自分に向けられた質問を、山名はそのままぼくにぶつけてきた。ぼくは力なく首を振った。

「言わないよ。子供が言うことなんて、警察が信用するわけない。それにぼくは、桜井先生を警察に突き出すようなことはしたくない。だって悪いのは南条先生なんだから」

「そうね」山名はあっさり頷く。「南条先生が本当に無実なら、警察も逮捕したりはしないでしょう。放っておいても、何も悪いことはないかもね」

「あたしも……そう思う」

初めて村瀬が発言した。ぼくは村瀬に頷きかけてから、視線を逸らして校庭を見た。校庭では何事もなかったように、下級生たちがドッジボールをやっている。その無邪気さが、今のぼくには羨《うらや》ましかった。

「じゃあ、これで終わりだ」柴野が場違いなほど明るい声を上げた。「探偵ごっこ、けっこう面白かったじゃん。意外な犯人って奴《やつ》？　でも探偵ごっこは、しょせん探偵ごっこだ。そのうち通り魔が捕まって、それで一件落着だよ」

じゃあな、と柴野は手を振って階段に向かった。山名と村瀬はしばらくそこに立っていたけど、やがていつの間にかいなくなっていた。ぼくはひとり取り残されて、じっと校庭を見ていた。

もうすぐ三学期も終わる。来月からぼくは六年生になる。初めて味わった苦い思いも、きっと春になれば忘れるだろう。

Scene2

仮面の裏側

1

「それで、どういうことなんですか、刑事さん」目の前に坐る、男性ファッション雑誌から抜け出してきたような男に向かって、あたしは問いかけた。「詳しいことを教えていただけるんでしょうね」

「ははははは」

それに対して、乾いた笑いで男は答えた。虫歯になど生まれてこの方一度もなったことがありませんよと自慢できそうな白い歯が、唇の間からこぼれる。こんな、まるでモデルじみた容姿の人が出てくるとは、あたしは警察署の入り口をくぐるまで想像もしていなかった。不謹慎ではあるが、事情聴取もなかなか悪くないなと考える。

「同じことをいったい何度説明したでしょうかね。もう数えるのも面倒になりましたよ」

刑事は思い切り口をへの字にして、ひょうきんな表情を作った。そんな顔をしても、端整なルックスの価値はいささかも落ちない。もしかしてこの人は、自分の容姿が女性に与える効果の意味を充分に意識しているのではないだろうかと、ふと思った。だとしたら、軽薄そうな見かけとは裏腹に、かなりの曲者《くせもの》と言えるだろう。まあ刑事なのだから、ひと筋縄でいかないのは当然なのだが。

「それがお仕事でしょう。こちらだって、わざわざこうして足を運んでいるんですから、その程度のサービスをしてもらったっていいと思いますけど」

詳細を聞くまでは絶対に引き下がらないぞと、はっきり態度で示したつもりだった。曖昧にごまかされては困る。なんと言っても事件は、同僚の死に関わることなのだ。わかっていることのすべてを知る権利が、あたしにはあるはずだった。

「いえ、説明しないとは言ってないじゃないですか。なんでもお話ししましょう、お話しできる範囲のことは」

諦めたように、刑事は肩を竦《すく》める。そんな仕種《しぐさ》も、頭に来るほど様になっていた。この人、職業を間違えたのじゃないかしら。

「でも、取りあえずひととおりのことは校長先生にご説明申し上げているはずですがね。もちろんお聞きになっているんでしょ」

「ええ、聞いています。山浦先生が何者かに殺された、ということはね」

「他に何をお知りになりたいんです？」

「全部ですよ」

とぼけているのか、それとも本当にわからないのか、どちらとも判断がつかない顔つきだった。表情は豊富だが、内心はまったく読めない。きっとポーカーをやったら強いだろう。これが、この刑事の武器なのだろうか。

「校長先生からは、山浦先生が殺されたということしか聞いていないんですよ。その程度の説明で、納得できるわけないじゃないですか」

あたしは語気を強める。実際、あたしは何も知らされていないのだ。

「そうなんですか？　ちゃんと説明したんだけどなぁ」

刑事は大袈裟に嘆息《たんそく》すると、「わかりました」と頷いた。

「ではなんでも訊いてください。正直に答えましょう」

背凭《せもた》れに体を預けて、「どうぞ」と涼しい顔で促す。刑事がそんなふうに寛《くつろ》ぐと、安物の応接セットも二割くらい立派に見えるから不思議だ。やっぱりこの人、ファッションモデルでもやっていた方がいい。

あたしはそんな様子を眺めながら、頭の中で今朝からの混乱した状況を整理した。いつもと同じように朝を迎えたはずだったのに、今日はこれまで一度も経験したことがないようなひどい一日となった。たぶん、これからも人生最悪の日であり続けるだろう一日は、まだ終わってすらいないのだ。

それは、一本の電話から始まった。ちょうど家を出ようとしていたあたしは、面倒に思う気持ちを抑えて子機を取り上げた。電話の相手は教頭だったが、その口調はみっともないほどに動転していた。「落ち着いて聞いてくださいよ」と何度も繰り返す教頭は、自分自身がすっかり落ち着きを失っていた。

しかし、それも無理はないのだと、用件を聞いて理解した。なんと、山浦先生が亡くなったというのだ。しかもどうやら、自宅で誰かに殺されたらしい。そんな話を聞いては、動転しない方がおかしかった。

慌てて学校に駆けつけたが、詳しいことは何もわからなかった。警察が校長の許《もと》に来て説明したそうだが、その内容はあたしたち教師にまで伝えられる暇がなかった。同僚が死のうと、あたしたちには生徒がいるのだ。生徒たちの混乱を鎮《しず》め、いつものとおり授業を進めなければならない義務がある。午前中の授業が終わるまで、あたしは何も知ることができなかった。

給食を食べ、昼休みになってようやく校長から事情説明がなされた。とはいっても、校長も何もわかっていない様子である。ただ、山浦先生が殺されたのは間違いないこと、死因は殴殺《おうさつ》だということ、犯人はまだ不明だということ、それしか校長の口からは告げられなかった。

校長は、警察があたしたちにも詳しい話を聞きたがっていると説明した。学校で事情聴取をするわけにはいかないから、できたら放課後にひとりひとり警察署に来て欲しいそうだ。殺人事件に関係して警察署に行くのなど、あまり気持ちのいいものではないが、学校に刑事を呼び入れるわけにもいかない。警察の要求も、こちらに気を使った結果だということは理解できた。

そしてあたしは、その求めに応じて今ここにいるのだった。よくテレビドラマで見るような取調室に案内されるかと思っていたが、そうではなく普通の応接室に通された。警察署にも応接室があるんだと、変に感心する。婦警さんがお茶を持ってくるのまで、一般の企業みたいだ。

現れたのは目の前に坐る端整な顔つきの刑事と、その後ろに控えるこちらはいかにも刑事らしい厳《いか》つい顔のふたりだった。厳つい方はパイプ椅子に坐り、先ほどからひと言も発しない。面倒な応対は若い者にやらせて、自分はふんぞり返っているということらしい。あたしも言葉を交わすなら、強面《こわもて》のオヤジよりもルックスのよい若い男の方がよかった。

「山浦先生の、発見当時の状況はどういう感じだったんですか。頭を殴られて殺されたと聞きましたけど」

あたしはまず、無難なところから質問を切り出す。まずそれを確かめないことには、先に進めない。

「死因は頭部の殴打。当たり所が悪かったのでしょう。即死だということです。凶器は被害者の部屋にあった置き時計。時計の台座が長方形の奴で、角が尖っていたんです。その角が、頭に当たってしまったんですね」

すらすらと、刑事はあたしの問いに答える。しかし本当に答えて欲しいことには触れようとしない。鈍感なのか、それとも底意地が悪いのか。いっこうに刑事の性格は摑めなかった。

「あの……、山浦先生の体にはですね、異状というか、他の傷とかはなかったんですか」

「ああ、乱暴されていたかどうかですね」

　初めて気づいたとばかりに、刑事は大きく頷く。しかしそれが本当とは思えない。動作のひとつひとつが、演技のように見える臭みを伴っているのだ。まるで芸能人の涙のように、真実味がない。

「ご安心ください。何もされていませんでしたよ」

「ああ……、そうですか」

　安心しろと言われて素直に反応するのは癪《しゃく》だったが、やはり同じ女としてホッとせずにはいられない。乱暴された末に殺されたのであれば、あまりにも救いようがない。そうでなかったことは、せめてもの救いだった。

　山浦先生は、女のあたしの目にも愛らしく映った。男性からすれば、その魅力はもっと強烈だろう。自宅で殺されたと聞いて、あたしはとっさに変質者に襲われた可能性を思い浮かべた。ひとり暮らしの女性にとって、変質者は最も恐ろしい存在だ。山浦先生が殺されたならば、犯人は変質者以外には考えられなかった。

　ところが、どうやらそうではないらしい。安心したことはしたのだが、すぐにまた新たな疑問が湧いてくる。じゃあ、いったい誰が山浦先生を殺したっていうの？

　キュートな外見同様、山浦先生は中身もかわいらしい女性だった。あまりにかわいらしくて、たまにいらいらさせられてしまうほどだ。あんな人を、誰が殺したくなるだろう。山浦先生を憎む人が存在するとは、どうしても考えられなかった。

「先生は自分のアパートの部屋で殺されていたんですよね。玄関の鍵はどうなってたんですか」

「開いてましたよ。チェーンはもちろん、鍵もかかっていませんでした」

「こじ開けたような跡は？」

「特にありません」

「ということは、山浦先生が自分で開けたんでしょうか。犯人は顔見知りってことですか」

「そうとは限らない。窓がガラス切りで破られていたんですよ」

「ガラス切りで？」

　意外、というかむしろ、なるほどと頷きたくなる事実だった。やはり犯人は、外から無理矢理山浦先生の部屋に押し入ったのか。山浦先生自身が目的でなかったのなら、犯人は単なる強盗だったのだろうか。それならば、まだ納得はできる。

「押し込み強盗ですか」

「さあ、どうでしょうね」

　刑事ははっきり答えない。まあ、当たり前か。

「山浦先生を殺したがる人なんていませんよ。絶対強盗に決まっています」

「ほう、そうなんですか」

　刑事は興味深いことを聞いたとばかりに、こちらに流し目をくれた。隠していることがあっても、すべてべらべらと喋りたくなるような目つきだ。そんなつもりはなくても、つい左手の薬指を確認してしまう。指輪をしていないということは、独身か。

「そういうことを聞かせていただきたいんですよ、我々としては」

「知っていることはなんでもお話しします。こちらの訊きたいことにすべて答えてくれたら」

「お答えしますよ。素直に答えているでしょう」

「ええ、ご親切にどうも。ついでにもう少しよろしいですか？」

「手短にお願いします」

にっこり笑って刑事は応じた。背後の厳つい方は、先ほどから苦虫を嚙み潰したような表情のままだ。小娘相手に何をもたもたしているのかと、叱りつけたい気分なのかもしれない。

「死亡推定時刻というんですか？　殺されたのはいつ頃か、もうわかってるんでしょう」

「わかってますよ。昨夜の午後十時から十一時頃ですね」

「発見されたのは？」

「今朝の七時十二分です」

「ずいぶん正確にわかるんですね」

「わかりますよ。何しろ発見者は警察官ですから」

「えっ、どういうことですか」

「匿名の通報があったんですよ。山浦さんが自宅で殺されているとね」

「匿名の通報？　どういうことです」

あたしは同じ言葉を繰り返す。そんなことがあったとは、まったく初耳だったのだ。

「七時過ぎに、匿名の一一〇番通報がありました。それを受けて、最寄りの交番から警察官が被害者のアパートに向かったのです。通報の内容は、山浦先生が殺されているというもの。で、その通報どおりの状況を警察官は発見したというわけです」

「その通報者が犯人なんでしょうか」

「さあ、どうでしょうね？」

この質問にも、刑事は首を傾げる。これはとぼけているわけではなく、本当にまだ不明なのだろう。尋ねたあたしが悪かった。

「通報者は男ですか？　女ですか？」

「不明です」

「不明？」

「ええ、声はパソコンの合成音でしたので」

「パソコンの、合成音」

それは、なにやらいかがわしい気配を伴っていた。自分の声をそうまでして隠すということは、善意の第三者などではないだろう。やはりその匿名電話は、犯人からのものではないのか。

殺人などという行為がそもそも異常なことだとはわかっていたが、話を聞くほどになにやら普通でない状況が浮かび上がってきた気がする。いったい誰が、なんのために山浦先生を殺したのだろう。

考え込んだあたしを見て、刑事はゆっくりと背凭れから身を起こした。こちらの目をじっと見つめて、軽い口調で言う。

「さあ、じゃあそろそろこちらにも質問させてもらえませんか？　昨夜の十時から十一時頃、どちらにいらっしゃいましたか、桜井先生」

2

小柄で愛くるしい容姿の山浦先生は、誰からも愛される人だった。同僚の男性教師に受けがいいのは当然として、女性教師にもその気さくな性格のために好かれていた。あたしは今の学校に転任してきて三年になるが、これまで一度として山浦先生の悪口を聞いたことがない。

加えて仕事に対して熱心で、まさに体当たりで子供に接していた。山浦先生は子供たちと一緒に笑い、一緒に泣いていた。そんな山浦先生だから、子供たちに懐《なつ》かれないわけがない。子供は大人以上に、他人に対してシビアな評価を下すのだ。間違いなく山浦先生は、我が校で一番人気のある教師だった。

だから山浦先生が亡くなった、それも何者かに殺されたと聞いて、誰もが驚いたことと思う。早すぎる死に涙を流し、犯人に強い怒りを覚えたはずだ。それが、当然の反応なのだから。

でもあたしは、山浦先生が死んだと知ったとき、驚きはしたけれど悲しくはなかった。犯人を憎む気持ちもなかった。誰にも言えないことだけれど、あたしはそのときホッとしたのだ。心のどこかであたしは、山浦先生の死を喜んでいた。

それは一瞬のことで、しかもほんのわずかな感情だったと言い繕《つくろ》ったところで、ただの言い訳に過ぎない。あたしは間違いなく、山浦先生が死んで嬉しいと感じたのだから。

山浦先生は誰からも愛される人だった。どんなに辛辣に観察しても、嫌われる要素は見つからない。そんなことはわかっている。あたしだってわかっているのだ。

でもあたしは、山浦先生と接していると、たまに〝疲れ〟を覚えたのだ。あまりに屈託のない態度は、学校の先生としてなら得がたい資質かもしれないが、友人として付き合うには鬱陶《うっとう》しい。真っ白で天使のような山浦先生を見るとあたしは、自分の醜さを否応なく思い知らされる。山浦先生のような愛すべき人を鬱陶しいと感じる自分の心が、ひたすら醜悪に思える。あたしは容姿はもちろんのこと、性格も山浦先生より劣っているのだ。

それは間違えようのない事実だった。そんなこと、ことさらに強く感じなくてもはっきりしている。でも、たとえ誰の目にも明らかなことだって、絶対に直視しなければいけないということはないはずだ。自分の醜い面を浮き彫りにするような相手と、誰が仲良くしたいと望むだろう。

山浦先生は子供のように純真なのだ。だから子供たちに愛される。あたしも子供が好きなつもりではいるが、それでも彼らの無邪気さに腹が立つことがある。仕事でなければとっくに堪忍袋の緒《お》が切れていると思ったことも、二度や三度ではない。あたしは子供にはなりきれない。

だからこそ、あたしは山浦先生と接すると疲れるのだ。無邪気に慕われると、「いい加減にして！」と叫びたくなる。あたしはあなたのように純粋じゃない。濁った大人なんだから、そのつもりで接して欲しい。そう懇願したくなる。そして、そんな自分に嫌悪を覚える。

あたしは山浦先生が殺されたと聞き、反射的にホッとしてしまった。もう二度と、あの純真な目を向けられなくて済むと喜んだ。そして一瞬後には、絶望にも似た激しい自己嫌悪を覚えた。他人の死を喜ぶなんて、あたしはなんて卑しいのか。そんなに山浦先生が目障りだったのか。ただ山浦先生が〝いい人〟だというだけの理由で……。

自らを貶《おとし》めて逆説的に喜ぶような趣味はないつもりだったが、それでもそのときばかりは自分で自分がいやになった。何度山浦先生に謝っても拭い去れない、苦い思いが心の底にこびりついた。

あたしは一生消すことのできない〝負い目〟を、山浦先生に対して抱いてしまったのだ。

3

翌日は、山浦先生が受け持っていたクラスだけがお休みになった。全校を休みにすることも職員会議で検討されたのだが、かえってその方が混乱を招くという結論になった。だからあたしは、内心を押し隠していつもどおり授業をしなければならなかった。子供たちはみんな、事件のことを知りたがっていたが、当然いっさいの質問を受けつけなかった。

昼休みになり、職員室で父母からの電話での問い合わせに応じているときだった。ドアのところに、数人の生徒が固まっているのを見つけた。どの顔も、山浦先生が受け持っていたクラスの子だ。家でじっとしていることもできず、詳しいことを知るためにやってきたに違いない。

「どうしたの？」

そのとき手が空いているのはあたししかいなかったので、近くに寄って声をかけた。大人のあたしでさえ落ち着かないのだから、直接山浦先生に担任してもらっていた子供たちが不安に思うのは当然だろう。なるべく優しい声で話しかけた。

「南条先生はいらっしゃらないですか」

先頭に立っていた、きりりとした顔立ちの女の子がそう問いかけてくる。あたしはその名を聞いて、いやな予感を覚えた。

「南条先生は、ちょっと用事があってもう帰られたのよ。何かお話があった？」

同僚の南条は、昨日に引き続いて警察に行っていた。特に名指しで呼び出されたのだ。なぜ南条だけが二度も質問を受けなければならないのか、あたしには見当もつかない。山浦先生と南条の間に、何かがあったというのだろうか。あたしは先刻から、そのことばかりが気になっていた。

「ええ、ちょっと。本当に帰ったんですか」

女の子は疑うような口振りだ。まるで何かを知っているかのように聞こえる。あたしは尋ね返さないではいられなかった。

「そうだけど、どうして？」

「例えば、警察に呼び出されたとか」

平然と女の子は言い放つ。驚いて、思わずあたしはその言葉を認めてしまった。

「どうして、そんなことを……」

言ってしまってから自分の失言に気づいたが、もう遅い。やっぱりとばかりに、女の子は目で頷いた。

「南条先生が山浦先生にチョコレートを送ったことは、そのうちみんなに知れ渡ると思います」

声を落として、そんなことを言う。あたしはすぐには、その言葉の意味がわからなかった。

なぜ南条が山浦先生にチョコレートを？　一瞬考えて、おとといがホワイトデーだったことに思い至る。確か山浦先生は、今年のバレンタインデーのときに義理チョコをあげていたから、そのお返しのつもりで南条はチョコを送ったのだろうか。しかし、それがどうしたというのだ。

「そ、そのチョコレートが事件に何か関係あるの？」

慌てているつもりはなかったが、動揺を隠しきることはできなかった。つい言葉につっかえてしまう。そんなこちらの様子を、女の子は冷ややかな視線で観察しているようだった。

「さあ、あたしはよく知りません」女の子の返事は素っ気ない。「明日、南条先生に直接訊いてください」

それでは、と頭を下げて出ていってしまう。後ろにつき従っていた他の子たちも、お辞儀をしてドアを閉めた。あたしは子供たちが視界から消えるまで、新たに耳にした事実の衝撃から立ち直れずにいた。

南条がもう一度警察に呼ばれた理由は、そのチョコレートに関係しているのだろうか。そんなこと、昨日の刑事はひと言だって教えてくれなかった。やはりあの刑事、見かけどおりの軽薄な男ではない。少し腹が立ったが、同時に感心もした。

南条に直接このことを問い質してみたい。あたしはすぐに思いを固めた。南条が山浦先生に大いに関心を寄せていたことは、前からうすうす気づいていた。ホワイトデーにかこつけて、なんらかのアプローチをしようとした可能性は大いにある。あの、精力があり余っている南条のことだから、特に不自然なことではなかった。

問題は、そのタイミングだ。南条がチョコレートを送ったというその日に、山浦先生は殺された。そしてそれに注目したかのように、警察は南条に再度の出頭を要請している。南条は事件に、どのような関わりを持っているのか。南条のチョコレートが、事件にどう関係しているというのか。もしや南条は、犯人として疑われているのだろうか。

それらのことを、あたしはどうしても知りたかった。好奇心などではない。心の底に重くのしかかる〝負い目〟が、あたしに真実を求めさせたのだ。あたしは山浦先生の死を、一瞬のこととはいえ喜んでしまった。このなんとも言えぬ苦い思い、どうしようもなく悪い後味は、ただ漫然と事件解決を待っているだけでは消えないと思う。せめて自分なりに彼女の死へ哀悼《あいとう》の気持ちを示さなければ、一生胸の底に抱えて生きていくことになるだろう。そんな予感があった。

だからあたしは、その日学校から帰ってきて、すぐに南条の自宅に電話を入れた。南条はひとり暮らしをしている。警察からすでに帰ってきているなら、電話口には本人が出るはずだった。

警察署を出た足でどこかに遊びに行けるような、そんな太い神経は持っていないだろうと予想した。その読みはまったく正しく、呼び出し音が二回と鳴る前に電話は繋がった。警察からの再度の問い合わせがあるかもしれないと、びくびくしていたのだろう。

「もしもし」と応じた南条の声は、心なしか震えていた。

「あたしです、桜井」

「えっ」

よほどあたしからの電話が意外だったのか、呼吸をしていないのではないかと思えるほど長い間、南条は息を呑んだ。あたしはそんな彼が少し憐れになり、「大変だったわね」と声をかけてやった。

「あ、ああ。いや、うん、そうなんだ」

南条はようやく我に返ったように、懸命に取り繕った。あたしと交際していた頃の南条はもっと堂々としていたものだが、別れてからはなぜかこちらを恐れているような態度をとることがある。それほど手ひどい別れの言葉を浴びせたつもりはなかったのだけれど、彼にとっては応えたのかもしれない。別れた当初こそ、またひとつメッキが剝げたと感じてさらに幻滅したのだが、今となっては少しいじらしくもある。付き合っているときから、そういう弱い面を見せてくれていたら、あたしも少しは見方を変えていたかもしれないのに。でも南条は、そんなこちらの気持ちなど一生わからないに違いない。南条がそういう男だと知ってしまったから、あたしは彼に別れを告げたのだ。

「疲れているところ、申し訳ないんだけど、久しぶりに食事でもどう？　どうせ外食するつもりだったんでしょ」

「食事？　どうしたんだよ。そっちからそんなことを言うなんて、珍しいじゃないか」

あたしは南条と別れてから、極力接触を避けるように振る舞っていた。それほどに、別れた直後は南条に対する嫌悪感が強かったのだ。しかし今は、そんな思いも薄らいでいる。というよりも、南条のことをどうでもいいと思えるようになったのだ。南条と食事をすることくらい、いまさらどうということもなかった。

「もちろん、警察での話が聞きたいからよ。つまらない期待はしないでね」

野暮だとは思うが、はっきりと釘を刺しておいた。そうしなければ、一方的に勘違いする男なのだ、南条は。

「警察の話って、何が知りたいんだよ」

南条はまだ、おどおどしたような口調だ。あたしは努めて、それこそ子供に話しかけるように優しく言ってやった。

「どうして二度も警察に呼ばれたか、よ。聞かせてくれるでしょ」

あたしは強引に、後込みする南条を説き伏せて待ち合わせ時間を決めた。かつてそこで何度も落ち合ったことがある場所だったが、もちろんそんな過去に対する感傷などはない。山浦先生の死という、心の芯が震えるような事実を前にしては、すべては些細なことでしかなかった。

夕方六時半に落ち合い、すぐ店に入った。中華料理店で個室を取り、コース料理をオーダーする。出費が嵩《かさ》むのは痛いが、周囲の耳を気にしながらできる話ではないのだから仕方なかった。

「さて」ウェイターが部屋を出たのを確認して、あたしは切り出した。「どうして今日も警察に呼ばれたのか、理由を聞かせて」

あたしが前置きもなく切り込んだせいか、南条はかなり鼻白んだ様子だった。口をぱくぱくさせて、ようやく答える。

「ど、どうしても何も、学校での山浦先生の様子について尋ねられたんだよ。君だって訊かれただろ」

「そりゃ、訊かれたわよ。昨日ね。でもあなたみたいに、また今日も呼び出されたりはしていないわ」

「そのうち呼び出されるよ」

「そうかしら。あたしは山浦先生にチョコレートなんて送ってないのよ」

南条は後ろから殴られたように、目を大きく見開いた。そのまま眼球が飛び出してきそうな勢いだ。

「どうしてそんなことを知ってるか、って顔してるわね。教えてあげましょうか。今日、山浦先生の受け持ちだった子から聞いたのよ。生徒が知っているくらいだから、あっという間に噂は広まるでしょうね」

「ホワイトデーだよ。バレンタインのお返しだ。それ以上の意味はない」

すぐに、それこそ間髪を容《い》れず、南条は弁解した。あたしに対してそんな言い訳をする必要なんてないのにと思ったが、それは指摘せずにおく。そこまで意地が悪くはない。

「あなただけがもう一度呼び出されたのは、そのチョコレートの件が関係しているんでしょう。でもチョコを送ったというだけで、警察が注目するとは思えない。警察はあなたと山浦先生の関係を知りたかったわけ？」

半分ははったりのつもりで尋ねた。それでも南条の反応を見る限り、どうやら的を射ていたようだ。南条はこちらの言葉の前半には触れようとせず、後半だけをむきになって否定した。

「誤解だよ。おれと山浦先生は特別な関係なんかじゃない。警察が勝手に勘ぐっているだけだ」

「そう。ずいぶんご執心のように見えたけど」

「な、何を言うんだよ。そんなわけないだろ」

自分ではうまく立ち回っているつもりだったらしい。あたしに山浦先生への野心を見透かされていたとわかって、南条はたちまちしどろもどろになった。なんとわかりやすい男か。

でもあたしは、そんな南条の単純なところが決して嫌いではなかったのだ。ストレートに迫ってくる南条が、最初のうちは不愉快ではなかった。あたし以外の女性にも同じように接する男だと知るまでは。

　南条の単純さは愛すべきものだったが、それは同時に底の浅さにも直結していた。あたしはほんの数ヵ月の付き合いで、南条がどの程度の男かわかってしまった。だからあっさり別れを告げたのだが、その後の反応からすると南条にとってはかなりの痛手だったらしい。女性の方から別れ話を切り出されたことなど、これまで一度もなかったのだろう。その意味で彼に悪いことをしたとは思うが、まあいい勉強になったのではないか。女は南条が望むような、人形みたいな存在ではないのだ。

「じゃあ、どういうことなの？　改めて呼び出されるからには、それなりの理由があるんでしょ」

容赦なく追及すると、南条は簡単に口を割った。今の居心地の悪さをごまかすことができるなら、どんな秘密でも白状する心境なのではないだろうか。そんな南条が少しかわいそうで、つい昔のように笑いかけてあげたくなってしまったが、甘い顔をするわけにはいかないとぐっとこらえる。

「刑事の説明ではな、おれが送ったチョコレートの中から、睡眠薬が検出されたって言うんだ」

「睡眠薬？」思いがけない単語に、あたしは南条の言葉を繰り返した。「どうして、そんなものが？」

「知らないよ。誓って言うけどな、おれはそんなもの入れた憶えはない。絶対にそんなことはしてないんだ」

南条は力を込めて、主張する。でもあたしは、その言葉を鵜《う》呑みにすることはできなかった。南条がかつて、女性によからぬ振る舞いをしようとして、睡眠薬を悪用した前科があるのを知っていたからだ。どこか憎めないところがある南条だが、そんな卑劣さだけはどうしても許すことができなかった。

南条はあたしの表情から、こちらの考えていることを読み取ったのだろう。必死になって弁解した。

「おれじゃないよ。おれだって、警察がなんでそんなことを言うのか、わけがわからないんだ。本当だよ、信じてくれ」

「じゃあ、どうしてチョコレートに睡眠薬が入っていたのよ。あなたが送ったチョコだったんでしょ」

「だからわからないって言ってるだろ。おれはデパートで買ったチョコを、そのまま宅配便で送ったんだ。一度も中を開けたりしていない。誰かが途中で入れたに違いないんだ」

「誰かって、誰よ」

「そんなこと、おれが知るか。犯人だろ」

南条の言い訳は、とてもまともなものではなかった。警察もとうていこんな言い分は信用しなかっただろう。しかし南条の性格をよく知るあたしには、彼の言い訳が稚拙《ちせつ》だからこそ、嘘ではないんじゃないかと思えた。南条はもう少し言い訳のうまい男のはずだった。

もし南条が、山浦先生に対する邪《よこしま》な気持ちからチョコに睡眠薬を仕込んだのなら、もっと気の利《き》いた言い訳を用意しておくだろう。少なくとも、自分が送ったチョコとはわからないようにしておくのではないだろうか。チョコの送り主が南条と判明したのは、配送伝票がそのまま残っていたからではないか。この小ずるい南条が、そんなへまをするとは思えなかった。

「でも、おかしいじゃない。それじゃあ運送会社の人間が、チョコに睡眠薬を仕込んだとでも言うの？　なんのために？」

「ああいう業者は、地域の受け持ちが決まってるんだろ。何度も山浦先生のところに荷物を届けているうちに顔を憶えて、それで妙な考えでも起こしたんじゃないのか。そうとしか考えられないじゃないか」

「じゃああなたは、運送会社の人が犯人だって言うの？」

「ああ、おれはそう思うね」

南条は開き直ったように断言する。先ほどまでの、おどおどした様子が綺麗になくなっていた。

あたしは今仕入れた情報を、頭の中で整理してみた。仮に南条の主張を本当だと認めてみる。すると南条の言うとおり、チョコに睡眠薬を入れるチャンスのある者は運送業者以外にいなくなる。山浦先生の手に渡るまでに、チョコに触れる機会があった者は限られるからだ。その意味で、彼の推理にも一理はある。南条の言い分を信じる限りは、だ。

「もしあなたの言うとおりだとしても、どうして小包の中身がチョコレートだとわかったのかしら。包装を開けてみないことには、そんなことはわからないでしょ」

「いや、わかるはずだ。だっておれは、配送伝票に中身は食べ物だって書いたんだから」

「ああ、そうか」

言われてみれば単純なことだ。なるほど、それであればわざわざ包装を開けて中身を確かめる必要はない。逆に犯人の心理を推察すると、伝票に食べ物と書いてあるからこそ、睡眠薬を仕込むという発想が出てきたのではないだろうか。

犯人は山浦先生を睡眠薬で眠らせ、そしてけしからぬ振る舞いに及ぼうとした。時刻を見計らってガラス切りで室内に押し入り、目的を達しようとしたが、あいにくまだ山浦先生は寝入っていなかった。そして侵入者に驚いた山浦先生と争うことになり、騒がれる前に殴って殺した。そんな一連の流れを思い描くことができる。

「改めて訊くけど、睡眠薬を仕込んだのは本当にあなたじゃないのね」

それでもあたしは、もう一度南条に確認した。南条が山浦先生を殺したとは思いたくないが、それでも彼には前科がある。もうひとつ信用しきれない部分があった。

「おれじゃないって。昔のことを根に持ってるのかもしれないけど、今度は本当におれじゃないんだ。だいたいおれは、山浦先生のことなんてなんとも思ってなかったぜ」

「どうだか。少なくともあたしには、バレンタインデーのお返しなんて一度もくれなかったじゃない」

「妬《や》いてるのか？　それならそうと言ってくれよ。あんまり怖い剣幕で追及されるから、ここは警察の取調室かと間違えそうになったぜ」

ようやく南条は余裕を取り戻したようで、いつものような軽口を叩き始めた。あたしは「馬鹿」とだけ応じて、苦笑を浮かべた。

ちょうどそこに料理が運ばれてきたので、あたしたちは話をやめた。気がついてみれば、目が回るほどおなかが減っていた。

4

山浦先生のお通夜は、その翌日にあった。我々教職員一同は、放課後に揃って弔問に行った。

すでに両親を亡くしている山浦先生は、身内は妹さんだけだったという。当然喪主もその妹さんだった。山浦先生の妹ならばまだ若いだろうに、そんな役回りを果たさなければならなくなったのは気の毒だ。もしあたしだったら、果たして耐えられるだろうか。

都営の葬儀場で、通夜は行われた。あたしは喪服に着替え、弔問に赴《おもむ》いた。葬儀場に着いてみると、他にも何件もの葬儀が行われている。毎日どこかで死者が出ていて、山浦先生もその中のひとりに過ぎないというのは、どこか無情な気がした。

山浦先生の祭壇がある一郭《いっかく》には、それほど人の姿は多くなかった。生徒は六時に来させることになっているので、まだ三十分ほど時間がある。その間に我々教職員は、焼香を済ませておく予定だった。

先に着いていた先生たちに挨拶をしていると、ふと視界の端に気になる顔を捉《とら》えた。とっさに振り向くと、あたしと目が合うことを避けるように顔を背ける。あたしは先生たちに断って、その人物の方へと近づいていった。

「お仕事、ご苦労様ですね」

ファッションモデルのような容姿の刑事は、話しかけられて初めて気づいたというようにあたしの顔を見た。それは下手な演技というより、演技しているとこちらにわからせたいかのような素振りだった。どうもこの刑事は曲者だ。

「ああ、どうもどうも。先生こそ大変ですね」

軽薄な口調でぺこぺこ頭を下げる。まったく刑事らしくない挙措《きょそ》だ。一応黒っぽいスーツを着ているが、それがまた呆れるほどに似合っている。テレビドラマなどに出てくる刑事の着ている服は、よれよれのスーツと相場が決まっているが、あれはいったい誰が決めたのだろう。

「弔問客の中に犯人がいると睨んでいるんですか」

さりげなく探りを入れてみる。こんな駆け引きなど通用しないだろうということはわかっているのだが。

「そういうわけじゃないですよ。刑事だって亡くなった方のご冥福を祈ります。ただそれだけのことですよ」

「それはそれは」あたしも大袈裟な返事をした。「山浦先生も喜ぶと思いますわ。刑事さんのようなかっこいい方に列席してもらえれば」

「はっはっは。だといいですけどね」

刑事は照れ臭そうに頭を掻《か》く。あたしは肝心なことを切り出した。

「捜査の方はどうなっているんですか」

「鋭意がんばっております」

「がんばってるだけじゃなくって、早く犯人を捕まえて欲しいんですけど」

「もちろん、いずれ捕まえますよ。それまでもうしばらくご辛抱いただけますか」

「山浦先生にチョコを届けた宅配業者のことは、もう調べましたか」

昨日の南条の話を思い出して、そう尋ねる。あたしが一番尋ねたいのは、その点だった。

「南条先生がおっしゃっていた推理ですね。ええ、当たってみましたよ」

どうでもいいことのように、刑事はあっさり答える。あたしは性急に、先を促した。

「それで、どうだったんですか」

「あまり捜査の経過はお話ししたくないんですけど……」

「けちくさいこと言わないでくださいよ。言いたくないということは、つまり宅配業者が怪しいってことですか」

「そうは言いません。勝手に解釈しないでください」

「じゃあ、本当のことを教えてくださいよ。教えてくださらなければ、南条先生の推理を言い触らします」

「それは困るなぁ」

うーん、と言って、顎《あご》に手をかける。そんな仕種もまた、この刑事にはあまりにも似合っていた。

「じゃあ、少しだけ。言い触らさないと約束するなら、教えてあげましょう」

「約束します、約束します」

あたしはかくかくと頷く。口止めされるなら、南条にも内緒にしておこう。あいつに教えてやる義理は特にないのだ。

「結論から言いますと、宅配業者は白だと思いますよ」

「えっ、どうして？　アリバイでもあったんですか」

「それは秘密です。でもどうやら勘違いなさっているようだから教えますけど、あの地域を受け持っている配達員は、女ですよ」

「女」

ぽかんと口を開けてしまった。十秒ほどして、恥ずかしくなり慌てて口を押さえる。さぞや間抜け面をしていたことだろう。それほどに、刑事の言葉は意表を衝《つ》いていた。

「女の配達員なんて、いるんですか」

「それは男女差別的発言だなぁ。今どき、女性のできない仕事なんてないですよ」

「まあ、そりゃそうですけど、でもあたし、見たことないですよ」

「いるんですよ。肉体的にはハードですけど、給料がいいですからね。ですから、宅配業者が犯人という説はあり得ないのです。おわかりいただけましたか」

「はあ」

アリバイを主張しているのなら、何かからくりがあるんじゃないかと勘ぐることもできるが、女ならば疑いようがない。どうやら南条の説は、単なる机上の空論だったようだ。

「さあ、ここまで。これ以上は色仕掛けでも喋りませんよ。そろそろご焼香に戻られた方がいいんじゃないですか」

誰が色仕掛けなんかするか、と言いたいところだけど、この刑事なら冗談じゃなくそんな経験もあるのかもしれない。あたしだって、必要があるなら色仕掛けも厭《いと》わないかも。あたしの色仕掛けなんかが通用するのであれば。

取りあえず礼を言って、あたしは焼香の列に戻った。先生たちは先に焼香を終えて、離れたところに固まっている。焼香の列は、ほんの二十人ほどだった。

二列で焼香しているので、順番はすぐに回ってきた。読経しているお坊さんの斜め後ろに坐っている、俯き加減の女性に一礼する。この人が、山浦先生の妹さんだろう。顔を上げて、改めてあたしに頭を下げた。

その瞬間、思わずあたしは相手の顔に見入ってしまった。五秒ほどして我に返り、焼香台の前に進み出る。祭壇に飾られている山浦先生の遺影は、たった今向かい合った女性とそっくりだった。

5

南条の推理が大外れだったとわかってみると、あたしの抱える後ろめたさはふたたび甦《よみがえ》ってきた。そこであたしは、山浦先生の妹さんを訪ねてみることにした。考えてみると、山浦先生がどういう生活を送っていたのか、あたしはほとんど知らない。親しくしていたつもりだったが、実は何もわかっていなかったのだという事実に、いまさら愕然とする。そのことがまた、あたしに後ろめたい思いを味わわせた。

妹さんに連絡をとるのは簡単だった。職員名簿に、山浦先生の緊急連絡先として妹さんの電話番号が載っていたのだ。名簿によると、妹さんの名前は杏子《きょうこ》というようだった。

あたしが会いたい旨を告げると、杏子さんは快く承知してくれた。遺品を整理するために、山浦先生が住んでいたアパートまで行くのだという。それならばと、駅前の喫茶店で落ち合う約束をして、電話を切った。

放課後の簡単な事務仕事を終えてから、あたしは約束の場所へ向かった。喫茶店には、杏子さんの方が先に着いていた。声をかけると、杏子さんは立ち上がって丁寧に頭を下げる。あたしもまた、同じように挨拶を返した。

腰を下ろして向かい合ってみると、杏子さんと山浦先生は瓜ふたつだということが改めてよくわかった。まるで双子のようによく似ている。こうして顔を合わせていると、今も山浦先生が生きていると錯覚してしまいそうになるほどだ。不意に、山浦先生はもうこの世にいないのだということを強く意識させられ、痛ましい思いが込み上げてきた。

「山浦先生が殺されるなんて、本当に驚きました」あたしは型どおりの悔やみの言葉を述べてから、そう切り出した。「今でも信じられません。誰がいったいそんなことをしたのか。先生は殺されるほど憎まれるような人ではなかったのに」

「……通り魔や押し込み強盗の仕業ではないそうですね」杏子さんは周囲の耳を気にするように、小声で言った。「贈り物のチョコレートに、睡眠薬が仕込まれていたとか。なんというか、とてもショックです」

「そうですね、それはあたしも同じです。実はそのチョコレートの送り主は同僚でして、本人に直接確かめたんですが、絶対に睡眠薬なんて入れていないと言っています」

「警察からそのことは聞きました。でも本当にそうなら、いつチョコレートに睡眠薬が入ったんでしょう。私にはどういうことなのか、ぜんぜんわからないんです」

杏子さんは納得いかないように首を振った。遺族としては当然の反応だろう。あたしだって、南条への疑いをまったく捨て去ったわけではない。まして南条のことを知らない人ならば、信用できないのは当たり前のことだ。

でもあたしは、取りあえず南条の主張は本当だと仮定することにしたのだ。南条以外に誰が、チョコレートに睡眠薬を仕込むことができたか。宅配業者が犯人ではあり得ないならば、可能性はひとつ。睡眠薬が入っていたのは、南条が送ったチョコではなかったとしか考えられなかった。

つまり山浦先生は、他にもチョコをもらっていたのだ。おそらくそれは、郵送ではなく手渡しだったのだろう。しかし現場には、南条の名が記されている配送伝票が残っていた。だから、睡眠薬入りチョコレートを送ったのは南条だと誤解されてしまったのだ。そう、あたしは推理していた。

「そのことで伺いたいんですが、山浦先生は事件の当日、どちらにいらっしゃっていたか、ご存じないでしょうか。お帰りが遅かったと聞いていますが」

その事実は、すでに噂となって広まっている。山浦先生の体からは、睡眠薬と一緒にアルコールも検出されたらしい。アパートの自室にはお酒の類がなかったそうだから、どこかで飲んでいたのだろう。そこがどこで、相手が誰なのかは、噂でも明らかにはされていなかった。

「大学時代のお友達と会っていたそうです。姉はテニスのサークルに入っていたのですが、その当時の同期の人たちの集まりがあったのだとか」

「飲み会ですか」

ではそのときに、山浦先生はチョコレートをもらったのだろうか。ホワイトデーにチョコをもらうということは、先に山浦先生の方がバレンタインデーにチョコをあげているはずだ。となれば、その飲み会で久しぶりに会ったという関係ではなかろう。山浦先生にはお付き合いしている男性がいたのだろうか。

そのことを遠回しに訊いてみると、杏子さんは「さあ」と首を傾げた。

「私が知る限り、特定の方とのお付き合いはなかったと思います。むろん、姉が隠していたなら別ですが」

「お姉さんは、そういうことをあまり話さない人だったんですか」

「そうですね。学生時代にお付き合いしている方がいたのは知っていますが、それ以後のことはわかりません。てっきりいないものだと思っていました」

「学生時代には、付き合っている人がいたんですね」

初耳だった。あたしと山浦先生は、あまり男のことについて話し合ったことがない。南条との関係を知られたくないから、あたしの方がその手の話題を避けていたせいだが。

「はい。私も何度かお会いしたことがあります」

「その方をご紹介していただくわけにはいきませんよね」

無理を承知で言ってみた。案の定、杏子さんは困ったように眉を寄せる。姉の昔の恋人を紹介しろなどと言われても、そんなこと不可能なのは当然だった。あたしはすぐに「ごめんなさい」と詫《わ》びた。

「無理ですよね。あたしの考えが足りませんでした」

「いえ、あの、直接ご紹介するのは難しいですが、他の方ならお引き合わせできますが」

「他の方？　その飲み会に出ていた、他の人という意味ですか？」

「はい。親しくしている人がいますので。その……、私がお付き合いしている男性なんですけど」

後半の言葉は、恥ずかしそうに小声で囁かれた。とっさには意味がわからなかったが、しばらくしてようやくどういうことか理解した。

つまり杏子さんは、お姉さんを介して知り合った男性と交際しているのだ。その人なら紹介できると言うのだろう。杏子さんの恋人であれば、あたしの方もお願いしやすい。ぜひ引き合わせて欲しいと頼んだ。

「わかりました。では話してみますが……」杏子さんはいったん言葉を切り、恐る恐るといった様子で続けた。「なんのために姉の昔の友人と会われるのでしょう？　今度のことで、何かご迷惑をおかけしたでしょうか」

「いえ、そういうわけではないのです。ただ、身近な人の死ですし、そのことに同僚が関わっている疑いまであるのですから、黙って傍観している気になれないだけです。そちらこそこんなことをお願いしてご迷惑でしょうが、どうかお聞き届けいただけますか」

あたしはなんとか言い繕い、頼み込んだ。自分の抱える負い目のことなど、口にできるわけがなかった。

6

杏子さんの恋人は、佐倉《さくら》という名だそうだ。なんと、大学病院に勤める医者だという。なるべく早く会いたいとあたしが希望すると、杏子さんは翌々日に会う場を設けてくれた。

仕事が終わってからということで、時刻は夜の七時半になった。それならばと、一緒に食事を摂《と》ることにする。安いスペイン料理の店を知っているので、そこに予約を入れておいた。

当日は、佐倉さんは杏子さんとふたりで連れ立ってやってきた。先に着いていたあたしを杏子さんが見つけ、頭を下げる。あたしは椅子から立ち上がって、ふたりを迎えた。大学時代にテニスサークルに入っていたというくらいだから、あたしは線の細い男性を予想していた。ところが案に相違して、佐倉さんはがっしりとした体格だった。テニスなんかよりも、柔道などの格闘技が似合いそうだ。広い肩幅がスーツの下に押し込められ、窮屈そうに見えた。

「無理を言って申し訳ありません」

あたしはまず、手間をとらせた詫びを口にした。それに対して佐倉さんは、「いえいえ」と快活な口調で応じた。

「ぼくも今度のことでは、本当にびっくりしているんです。何しろ山浦さんとは会ったばかりだったし、それに縁がないわけでもなかった。ぼくも事件について詳しいことが知りたいですから、桜井さんのお気持ちはよくわかります」

「そうですか。そうおっしゃっていただけると、こちらも気が楽になりますが」

「なんでも訊いてください。私に遠慮する必要はありませんから」

横から杏子さんが言葉を添える。もちろん遠慮などするつもりはなかったのだが、わざわざそう断るのはどうしてだろうかと、ふと疑問を覚えた。

店員が注文を取りに来たので、あたしが適当に見繕ってオーダーした。メニューを返してから、改めて話を切り出す。知りたいのは山浦先生の交友関係、特に男性関係だった。

「山浦先生には大学時代に付き合っている方がいらっしゃったと、杏子さんから聞きましたが、それについてはご存じですか」

「はい、よく知っています。山浦さんの彼氏も、同じサークルの者でしたので」

「それは、どんな方ですか」

「ぼくと同じ大学ですから、やはり今は医者になってます。勤め先の病院も一緒ですよ」

「そうなんですか？　もしかしてそのサークルは、全員医大の方だったんですか」

「男はね。女の子は他の大学から来ていました。山浦さんも、その中のひとりだったんです」

「その男性は、なんというお名前ですか」

「井筒《いづつ》といいます。山浦さんとは似合いのカップルだと思っていたんですけどね……」

佐倉さんは曖昧に語尾を濁す。あたしはその先を訊きたかったが、佐倉さんは自分から続けようとはしなかった。

「どうしておふたりは別れてしまったんでしょう」

立ち入った質問だとは思うけれど、取りあえず尋ねてみる。杏子さんの反応も窺ったが、特別不愉快そうではなかった。

「詳しいことは知りませんけど、男と女のことですからね、いろいろあったと思いますよ」

曖昧なことを佐倉さんは言う。知っていてごまかしているのか、それとも本当に知らないのか、その話し方からは判断がつかなかった。

「おふたりが別れたのは、いつ頃のことでしょう。学生時代の話ですか」

「いえ、すでに山浦さんの方は卒業してたんじゃないかな。我々はほら、学生時代が長いから、後輩の山浦さんの方が卒業が早かったんです。井筒やぼくは、まだ学生でした」

「その後は、特にどなたともお付き合いしている様子はなかったんですね」

これは杏子さんの方に尋ねる。先日と同じく、杏子さんは「ええ」と応じた。

「たぶん、なかったと思います」

「学生時代はどうですか。その井筒さんの他に、山浦先生と仲が良かった男性はいませんでしたか」

「山浦さんは美人でしたからね、そりゃ興味を持っている男はひとりやふたりではありませんでしたよ。でも井筒の方もなかなかいい男でね。サークルでは女性に一番人気があったんです。そんなカップルだから、他の奴が入り込む余地はありませんでしたね」

「そうですか」

どうやら、学生時代に遡《さかのぼ》っても、特に目新しい話はなさそうだ。あたしは先日の同期会に質問の矛先を向けた。

「ところで山浦先生が亡くなられた日は、久しぶりに皆さんでお集まりだったと聞きましたが、そのときの山浦先生の様子はどうでしたか？　何か変わった様子などはありませんでしたか」

「ええ。そのことはぼくも何度も思い出してみたんですが、特に変わった様子はありませんでしたね。みんなで集まるのは一年ぶりなんですけど、変わらないなぁというのが正直な感想です。それは山浦さんも同じでした」

「山浦先生と井筒さんの様子はどうでしたか。意識して避けていたとか」

「いえ、そんなこともありません。山浦さんは快活な人ですからね、昔のことなんかぜんぜん気にしていませんでした。むしろ井筒の方が、意識していたんじゃないかな」

「というと？」

「山浦さんの方が、積極的に井筒に話しかけていたんです。井筒はそれに戸惑いながら、悪い気はしていないという感じでした」

「おふたりは久しぶりだったんでしょうか」

「でしょうね。彼らが最近まで会っていたはずがないですから」

「はずがない？　それはどうしてですか」

「井筒は今、付き合っている女性が別にいるんですよ。実はその女性もサークルの仲間でしてね、先日の飲み会の席にもいたんです。だからその人の目を気にして、井筒の方は山浦さんに話しかけられてもぎこちなかったというわけなんです」

「その女性の名前は、なんというんですか」

「大峰《おおみね》です。大峰ゆかり。井筒からは、結婚するつもりだと聞いています」

「大峰さん、ですか。その方と山浦先生は、親しかったんですか」

「ええ。ふたりはもともと友人で、一緒にサークルに入ってきたんです。だから仲はいいはずですよ」

あたしと山浦先生は、自分の友人関係について語り合うことも多かったが、大峰という名前は聞いたことがなかった。本当に親しかったのなら、一度や二度くらい名前が出ていてもおかしくない。それなのに初めてその名を聞くということは、最近では交友も途絶えていたからではないか。おそらくは、間に井筒という男性を挟んだせいだろう。女性同士にはよくある話だ。

また、女同士の仲は、男性からはなかなか見えにくいことのようだ。だから佐倉さんは、そこに生じているかもしれない緊張関係を意に留めなかったのではないか。一見仲が良さそうだからといって、今でも友情が持続しているとは限らない。それが、女の世界だ。

「では山浦先生と大峰さんも、そのときはお話をされていたんでしょうね」

あたしは自分の考えは口にせず、事実だけを確認した。あたしの推測が正しければ、互いに近くにも寄らないか、あるいは冷え冷えとした会話が交わされたはずだ。佐倉さんはそうした様子に気づかなかったのだろうか。

「ええ。久しぶりだったようですが、昔に戻ってお喋りしていましたよ。飲み会が引けた後も、ふたりでお茶を飲みに行こうと言っていたくらいですから」

「お茶を？」

予想外のことを言われ、あたしは戸惑った。こちらの憶測は的外れだったのか。いや、そんなはずはない。ふたりだけで話し合う必要があったからこそ、お茶を飲むことにしたのではないか。あたしはあくまで、自分の考えに固執した。

「はい。実際にふたりで消えていましたから、どこかの喫茶店に入ったんだと思いますよ。だから生前の山浦さんと最後に接したのは、大峰さんということになるなぁ。彼女もショックだろうに」

佐倉さんはあくまで、大峰ゆかりを気遣うようなことを言う。しかしあたしは、それほど善意に解釈はできなかった。山浦先生の生前の足取りを、もっと手繰ってみたいと考えた。

「すみません。図々しいことをお願いしてしまいますが、その大峰ゆかりさんともお話ししてみたいのです。ご紹介いただけませんか？」

7

大峰ゆかりは意外にも、第一印象があたし自身に似ていた。容姿に取り立てて人目を惹く点がなく、人込みの中に交じればほとんど目立たなくなるタイプだ。あたしは山浦先生と男を争った人という先入観から、もっと際立った容姿の女性を想像していたのだが、それは見事に裏切られたことになる。佐倉さんの場合といい、あたしのイメージはどうも貧困なようだ。

彼女があまりにこちらの想像と違っていたので、あたしはすぐに見分けることができなかった。向こうの方が、目印としてあたしが持っている雑誌に目を留め、近寄ってきてくれたので、ようやく気づいた始末だ。あたしは突然の呼び出しを詫びて、初対面の挨拶を済ませた。

佐倉さんはあたしの無理な願いを聞き入れ、大峰ゆかりとコンタクトをとってくれたのだった。先方が快諾したかどうかはわからない。会ってくれることになったと、杏子さんを介して結果だけを聞いたからだ。あたしは佐倉さんが取りつけてくれた約束どおり、指定の喫茶店に向かった。

顔を合わせてみると、大峰ゆかりは戸惑いを隠せない様子だった。どうして自分がこのような場所で、知らない人間と会わなければならないのかと、はっきり面《おもて》に表している。彼女の疑問ももっともなので、あたしは長くなるのを承知でこちら側の事情を説明した。大峰ゆかりはひと言も口を挟もうとせず、それらのことに耳を傾けていた。

「……それで、ご迷惑とは思いましたが、山浦先生とは何時頃までご一緒だったのか、山浦先生はその後真っ直ぐ帰宅されたのか、その辺りのことを伺わせていただこうと思ったわけです」

あたしは長い説明を終え、そう締め括った。大峰ゆかりはそれに答えてこくりと頷くと、ようやく口を開いた。

「美津子《みつこ》とは、九時半過ぎまで一緒にいました。喫茶店が閉店になるまでいたので、時刻は間違いありません。お疑いなら、その店に問い合わせてもらってもいいです」

彼女の声は小さかったが、裏に秘められた意志の強さを感じさせた。そんなところもまた、自分に似ているとあたしは感じた。彼女の警戒心を解こうと、あたしはすぐに首を振った。

「いえ、疑ってなんかいません。ただ、山浦先生がアパートに帰り着くまでに何かが起きなかったか、それを知りたいだけなんです」

「そんな、遠回しな言い方をしなくてもけっこうです。佐倉さんから全部聞いているんでしょう。だから、あたしに会いに来たんじゃないんですか？」

「佐倉さんから、全部？」

あたしは彼女の言葉の意味がわからず、そのまま繰り返した。彼女は何か勘違いしている。あたしがいったい、佐倉さんから何を聞いたというのだろう。警戒されなければならないようなことを、あたしは何も聞いていなかった。

「違うんですか？」

こちらの反応に、大峰ゆかりは逆に驚いたようだった。ぽかんとした表情で、こちらの顔をまじまじと見る。あたしはこの齟齬《そご》に、大いに興味を持った。

「本当に、あたしは何も聞いていません。あたしがどんなことを知っていると思われたんですか？」

追及すると、ようやく自分のミスを悟り、大峰ゆかりは困惑げに眉を寄せた。早合点して先走ってしまったことを後悔しているのだろう。しかし、やがて諦めたのか、肩を竦めると明るい顔になった。

「馬鹿みたいですね。ひとりで緊張して、一方的に喧嘩腰になって。ごめんなさい。てっきりあたしのことを咎《とが》めに来たのかと思って……」

「咎めに？　どうしてですか。何か咎められなければならないようなことをなさったんですか」

「そうじゃないんです。そうじゃないんですけど、美津子が殺されたりしたら、誰でもあたしを疑うだろうから、それで冗談じゃないと思ったんです」

「どうして大峰さんを疑わなければならないんです？」

「井筒さんとのことは、佐倉さんに聞いているんでしょう。あたしがそのことで、美津子を恨んでいることも」

「恨んでいる？　そんな話は聞いていません。佐倉さんは、大峰さんたちは仲が良いのだと思っているようでしたよ」

「そうなんですか……」

それには驚いたらしく、大峰ゆかりはしばらく口を半開きにしていた。そして何かに納得したように頷くと、苦笑を浮かべた。

「あたしたちが仲がいいと、佐倉さんは言ったんですね。そうか、男の人にはそういうふうにしか見えてなかったんですね。そうだったんだ……」

「井筒さんを巡って、山浦先生と喧嘩でもなさってたんですか」

「喧嘩、と言えば喧嘩だったかもしれないけど、ちょっと違うわ。だって、あたしの方が一方的に腹を立ててたんだもん。言い争いや、まして摑み合いなんかにはならなかったわよ」

「一方的に？」

「そう。美津子はいつだって、何もわからないお嬢さんだったから。ぜんぜん悪意なんかなく、他人にいやな思いをさせるの。あたしは高校からの付き合いでね、あの子のそういう性格にはずっと振り回されてきたわ。結局最後には、いつも許しちゃってたけど」

「詳しく教えていただけませんか。今は大峰さんが、井筒さんとお付き合いしているんですよね。それは、井筒さんと山浦先生が別れたから、お付き合いすることになったんじゃないんですか」

「形の上では、そうよ。でも先に井筒さんのことを好きになったのは、あたしなの。あたしが先に好きになって、それでその気持ちを美津子に漏らしたら、美津子も好きになっちゃったのよ。いつもそう。美津子はいつもあたしの真似をして、それで結果的にはあたしよりいい思いをするのよ。あのときだってそうだったわ。あたしが好きだと知っているくせに井筒さんと仲良くなって、それでちゃっかり付き合うようになった。あたしは悔しくて悔しくてならなかったわ。しかももっと悔しいのは、あたしの目の前からかっさらっていった井筒さんとも、その後あっさり別れたってこと。別れるくらいなら、最初からちょっかいを出さなければよかったのに。そうすれば、あたしだって辛い思いをしなくて済んだのに……」

長年腹の中に溜め続けたものを吐き出すように、大峰ゆかりは一気に捲《まく》し立てた。死んでしまった人のことを悪く言いたくないという自制があるためだろう、怒りは極力抑えようとしているようだが、それでも言葉の端々に憤《いきどお》りが滲《にじ》む。あたしは山浦先生に向けられるその種の感情を初めて目の当たりにしたので、かなり面食らう思いではあったが、同時にひどく納得できる部分もあった。

あたしは大峰ゆかりほど迷惑をかけられたわけではないが、山浦先生の無垢《むく》な部分にはほとほと嫌気がさしていた。だからこそ、その死を知ってホッとしてしまい、拭い去れない負い目を背負ってしまったのだ。そんなあたしと、程度の差こそあれ大峰ゆかりの鬱屈《うっくつ》は似ている。他の誰もが彼女の言葉を理不尽と感じようとも、あたしはその憤りを理解することができた。

「飲み会の後でお話しされていたのは、井筒さんのことでひと言言おうと思ったからですか？」

大峰ゆかりの、山浦先生に対する複雑な感情はよくわかった。だがそのことが事件に直接関係しないのであれば、あたしが知りたいことではない。強引に話を本題に戻した。

「ううん。そんな話はしないわ。だって、言ってもしょうがないんだから。あたしが文句を言ったって、美津子はただびっくりするだけだったでしょうよ。悪気なんて、これっぽっちもないんですからね。だからあたしも、いまさら美津子に何も言う気はなかったわ。あの日はただ、本当に昔を懐かしんでお喋りをしていただけ。本当よ」

「では、九時半に別れた後は、山浦先生がどうされたかもご存じないんですね」

「もちろん。駅で別れて、それっきり。あの後で美津子が殺されたなんて聞いて、ホントにびっくりしたわ。こんな話をしたら今度こそ疑われるだろうけど、でもあたしは何も知らないの。何かがあったんだとしたら、あたしと別れた後のことよ」

大峰ゆかりは自分の潔白を強調した。あたしはそれまでの彼女の物言いが率直なだけに、それを信じたい気分になっていた。山浦先生を知っている人なら、彼女の言い分を身勝手と思うかもしれない。あの悪意のかけらもない人を恨むのは、妬《ねた》みや僻《ひが》みのせいだと多くの人が感じるだろう。そしてあたしは、そうは思わない数少ない例外だった。あたしが彼女の言を信じないで、いったい誰が信じられるだろう。やはりあたしたちは似た者同士なのだ、そんな思いを強くした。

8

大峰ゆかりの話は取り立てて参考にならなかったが、それでも一年ぶりのサークル仲間の集いが事件に無関係とは思えなかった。めったにない行事に参加した直後に、それとは別口の殺意を向けられたと考える方が不自然だ。事件の芽は、やはりその飲み会で生じたのだろう。あたしにはそう感じられてならなかった。

だからあたしは、井筒という人物とも会いたいと望んだ。佐倉さんや大峰ゆかりの話だけを聞いて、井筒と接触せずに済ませるわけにはいかない。初対面の大峰ゆかりには頼みにくかったので、迷惑をかけるとは思ったが、また杏子さんを介して佐倉さんにお願いした。

その依頼の返事は、今度は直接佐倉さんからあった。佐倉さんはあたしの自宅に電話してくると、井筒と話をつけたことを告げた。そしてそれだけではなく、驚くことを言い添えた。

「先日は杏子がいたので言い出せなかったんですが、少し気になることがあったんですよ」

佐倉さんの声は、心なしか沈んでいる。言うか言うまいか躊躇《ちゅうちょ》した心情が、そこには滲んでいるように聞こえた。

「どんなことですか？」

「ええ。大したことではないと思うんですが、自分の胸ひとつに納めておくにはどうにも重すぎて、それで井筒に会いに行くなら確かめて欲しいと思ったんです。自分で訊けば済む話なんですけど、ぼくが口を挟んではかえって大事《おおごと》になりそうで」

「と言いますと？」

なかなか本題に入らないのは、佐倉さんらしくなかった。それだけ重要なことなのだと、あたしは予感した。

「実はですね、飲み会の散会間際のことなんですが、山浦さんが井筒と話しているところを聞いてしまったんです。聞くつもりはなかったんですけどね、耳に入ってしまったんですよ。その……、山浦さんが井筒を誘っているところを」

「井筒さんを誘っている？　何にですか」

「遊びに来ないかと……、今から、自分のところに」

「山浦先生が、自室に井筒さんを誘っていたと言うんですか？」

「ええ。まあ、単なる社交辞令だとは思うんですけどね。山浦さんはそういうことを無邪気に言ってしまう人だから。結局飲み会の後は大峰さんとお茶を飲んでいたそうだし、井筒もそんな分別のない男ではないから、気にすることもないんでしょうが、山浦さんがあんなことになってはどうにも頭に引っかかってしまって……」

「わかります。で、そのことは警察には話したんですか」

「話せるわけないじゃないですか。そんなことを言ったら、井筒が犯人だと疑われてしまう。だから、できたら桜井さんから訊いてみて欲しいのですよ。そのう……、初対面の桜井さんの方が、角が立たないと思うので」

佐倉さんが直接尋ねにくいというのは、よくわかる。もしそんなことを訊けば、井筒の倫理観を疑うだけでなく、殺人事件についても疑惑を向けることになるからだ。それでも、そんな話を自分だけの胸に納めておくのは落ち着かないだろう。あたしは佐倉さんのこれまでの厚意に応えるために、その役目を引き受けることにした。そう告げると佐倉さんは、喜ぶというよりもホッとしたような声を発した。

そしてその週末の土曜日、午後三時に井筒と顔を合わせた。井筒は女の子から人気があったという佐倉さんの説明どおり、ちょっと人目を惹くいい男だった。身長が高く、色が浅黒く、そして顔立ちが整っている。あまりにいい条件が揃っているので、かえって空疎な印象を与えるほどだ。それほどに、井筒は生活感のない男性だった。

「ゆかりに会われたそうですね。話には聞いています」

喫茶店で向かい合うと、まず井筒はそう切り出した。大峰ゆかりほどこちらを警戒している気配はないが、内心はどうかわからない。大峰ゆかりよりも自分の本心を隠すことには長《た》けていそうだった。

「では、こちらの用件ももうおわかりかと思います。煩わしい前置きなどしてお時間をとらせては申し訳ないので、単刀直入に伺いますが、山浦先生とはどうして別れられたのですか」

ズバリ問い質すと、井筒は少し面食らったような表情になったが、すぐに苦み走った笑みを浮かべた。

「本当に単刀直入ですね。いや、こちらもそれくらい率直に訊いてもらった方が、気が楽ですよ。別れた理由は、性格的に合わないことがわかったからです」

「と、言いますと？」

「彼女があまりにも身勝手な女だとわかったので、とても付き合いきれないと思ったんです。あなたも美津子のことを知っていたのなら、ぼくの言うこともわかるでしょう。死んだ人のことを悪く言いたくはないんですが」

井筒の物言いはあけすけで、それだけに聞く方の耳にはあまり愉快ではなかった。別れた女の性格をあげつらうなど、趣味のいいことではない。こちらが尋ねたことに正直に答えているだけだとわかってはいても、井筒に好意を持つのは難しかった。

「では、別れるに当たって未練はなかったんですね」

「ずいぶん立ち入ったことを訊きますね。いや、かまわないんですが。未練ですか？まあ、まったくなくはなかったですけど、ホッとしたという気持ちの方が強かったかな。ともかく彼女には振り回されたから」

山浦先生がどういうふうに男性に接していたのか、あたしには想像でしか知るすべはない。しかしそれでも、井筒の言い分はあまりに一方的な気がしてならなかった。だからあたしは、もっと温存しておくべきと思いながらも、切り札を切ってしまった。

「なら、この前の飲み会の後も、もちろん山浦先生のアパートを訪ねたりはしなかったんでしょうね」

口調がつっけんどんだったが、もちろんそれが井筒に打撃を与えたわけではないだろう。井筒は後ろから殴られたように愕然として、立ち直るのに十秒ほどを要した。

「誰から聞いたんですか？　まさか、ゆかりではないでしょうね」

「ゆかりさんはご存じないことなんですか？　それだけ後ろめたいことだという意味ですね」

「勝手に解釈しないでください。もう一度訊きますが、誰からそのことを聞いたんですか」

「それは、言えません」

少し頭を働かせれば、あたしと接点があるのは佐倉さんだけなのだから、情報源にも思い当たるだろう。それでもあたしとしては、義理を通して口を噤《つぐ》むしかなかった。

ところが井筒は、思いもかけない反応を示した。ふたたび苦笑めいた笑みを口許に刻むと、あっさりととんでもないことを告白したのだ。

「警察から聞いたんですか？　警察も意外とお喋りなんですね。いいでしょう、警察から聞いたんだったらとぼけても仕方ない。あの夜は美津子のアパートに行きました。でも、それだけのことだ。ぼくは殺してない」

アパートに行った？　そんなことを言い出すとは、あたしはまったく予想していなかった。覚悟のないところに重大なことを打ち明けられ、あたしはしばし混乱した。いったい井筒は、何を言い出したんだろう。

「あ、違うのか。そんな驚いた顔をしているからには、知らなかったんですね。うっかりしたな。自分から白状しちまった」

「アパートに行ったんですか？　じゃあ、飲み会の後でも山浦先生に会っているんですね」

「いや、会っていない。ぼくがアパートの部屋を訪ねたときには、すでに殺されていたんだから」

「殺されていた？」

「そう。これは嘘偽りのない事実ですよ。ぼくの言葉だけでは信じられないと言うなら、別に信じてもらいたいとも思わないけど」

井筒は醒《さ》めた調子でそう言う。反対に、あたしの方が興奮してきた。井筒は自分の証言がどれだけ重大か、わかっていないのだろうか。

「何時頃、山浦先生のアパートに行ったんですか？　いえ、そもそもどうして、アパートに行くことにしたんですか？」

「時刻は十一時。その頃に来てくれと、美津子に言われたんですよ。行った理由は、それこそ未練かな。まあその点は、ぼくらのことを知らない人にはなかなか説明しづらい。こんな説明で納得してもらえるかな」

「十一時には、すでに山浦先生は殺されていたと言うんですね。部屋の扉は鍵がかかっていなかったんですか」

「開いていた。ドアベルを何度鳴らしても出てこないので、おかしいなと思って開けてみたんだ。そうしたら、鍵がかかってないじゃないか。どういうことだと中を覗いたら、倒れている彼女を発見したというわけです。一応医者だから、上がり込んで確認してみた。間違いなく、彼女は死亡していましたよ」

「その場で警察には通報しなかったんですか」

「しなかった」そう答えたときだけ、井筒は自責の念を感じているように見えた。「通報すべきだとわかってはいたけど、どうしてもできなかった。その場にいる理由を、説明できそうになかったからね」

「でも、警察にはわかってしまったわけですよね。どうして警察は知ったんですか」

「目撃者がいたんですよ。ぼくが彼女を訪ねるところを見た人がね。たぶん同じアパートの住人だと思う。階段のところですれ違ったんだ。一瞬のことだから憶えられてはいないと思ったけど、甘かった。すぐに通報しなかったせいで心証が悪くなったようだけど、幸い今も逮捕されずにこうして自由でいますよ」

悪びれずに、井筒は言った。

9

井筒の言葉を疑いもなく鵜呑みにするつもりはなかったが、それでもよくよく考えてみるとまるきり嘘とも言えないことがわかった。井筒が山浦先生を殺した犯人ならば、チョコレートに睡眠薬を仕込む理由がないからだ。

あたしは井筒と別れ、自分の部屋に戻ってから改めて考えを整理してみた。犯人はなぜ、睡眠薬なんてものを使ったのか？　それは明らかに、山浦先生の抵抗力を奪うためだろう。もともと殺意があったのか、それとも山浦先生への野心のためかははっきりしないが、事前に計画があったことだけは明白だ。誘いを受けたから訪ねていき、その弾みで殺してしまった場合には、睡眠薬など必要ない。井筒が犯人ならば、睡眠薬を使うはずがないのだ。

この矛盾をどうにか説明してみようと、あたしはひとつの仮説を立ててみた。犯人が南条に罪を被《かぶ》せようと考えたのではないか、という説だ。犯人は山浦先生の部屋に上がり込んで初めて、チョコレートが送られていたことを知る。その後、諍《いさか》いが生じて山浦先生を殺してしまった。犯人はチョコレートの送り主に罪を着せるために、いったんそれを持ち帰って細工を施し、また現場に置いて去った。これならば、あり得るのではないか。

しかし引っかかるのは、この説ではいささか納得しにくい部分がある点だ。最近知った情報なのだが、山浦先生の部屋にはチョコレートの配送伝票が残っていなかったそうだ。どうしてそれがなくなっているのか不思議だが、配送伝票がないのならば南条に罪を被せようという発想も出てこないだろう。罪を着せるのが目的だったのなら、犯人は最初からチョコの送り主が南条だったと知っていたことになる。

いや、それだけではない。山浦先生は実際に、睡眠薬入りチョコレートを食べていたのだ。ということは、やはり先生がチョコを口にした時点で、睡眠薬は混入していたことになる。犯人がチョコを持ち帰って細工した可能性など、最初からないのだ。

つまり、チョコレートに睡眠薬を仕込んだのが犯人自身と考えるなら、井筒は犯人ではあり得ないということになる。これは、論理的帰結だ。

しかし、可能性としてはもうひとつある。睡眠薬をチョコレートに仕込んだ人物と、山浦先生を殺した犯人は別人である場合だ。これならば、井筒が犯人ということもあり得る。山浦先生は井筒の意思とは関係なく、たまたま睡眠薬入りチョコレートのせいで意識が朦朧となった。井筒はそこにつけ込んで、山浦先生を殴ったのかもしれない。

もちろんこの場合、チョコレートに睡眠薬を仕込んだのは南条だ。南条は山浦先生へのよからぬ思いを満足させるため、彼女の自由を奪おうとした。しかしそれは南条の得にはならず、犯人にとっての利益となった。南条は暗い期待を抱いて山浦先生を訪ねただろうが、しかしそのときすでに事件は起きていたのだ。南条は遺体となった山浦先生を発見し、仰天したことだろう。そして巻き込まれることを恐れて、自分の名前が書いてある配送伝票を持ち帰った。こう考える方が、事件全体をすっきり説明できる。

だが、もし真相がそうであるなら、犯人は井筒だとは言い切れない。大峰ゆかりにも、充分に犯行が可能だからだ。大峰ゆかりは、山浦先生が井筒を誘っているのを立ち聞きしてしまった。そしてふたりが会うのを妨げるために、飲み会が終わった後も山浦先生から離れなかった。しかし喫茶店が閉店となることで、ふたりは別れなければならなくなった。帰っていく山浦先生を見て、大峰ゆかりの不安は膨れ上がる。後を尾《つ》けていき、井筒がやってきても追い返せるように、山浦先生のアパートまで乗り込んだ。そして、そこでついに口論になり、手近にあった置き時計を山浦先生の頭に振り下ろす。山浦先生はすでにそのとき、南条からの睡眠薬入りチョコレートを摘《つま》んでいたため、ろくに抵抗もできずに殺された。そんな場景をあたしは想像した。

　そして一度それに思い当たると、井筒犯人説よりも大峰ゆかり犯人説の方がより真実に近いように感じられた。いったんは彼女の言い分を信じたが、それは単に自分と似ていると感じたためである。論理的根拠などはない。もう一度あたしは、大峰ゆかりと話し合ってみたかった。

　今度は直接、本人に連絡をとった。この前会ったときに、電話番号を聞いておいたのだ。また会いたいというあたしの申し出を、大峰ゆかりは特にいやがらなかった。向こうもまた、あたしに対してシンパシーを感じたのかもしれない。だとしたら、この会見はあたしが思うより辛いものとなるかもしれなかった。

　先日と同じ喫茶店で顔を合わせると、彼女は思いがけない笑みで迎えてくれた。まるで親しい友人に向けるような表情を、大峰ゆかりは投げかけてくる。あたしは自分が彼女に受け入れられていると感じた。同時に、井筒があたしと会ったことを彼女に伝えてないのだということも悟った。井筒があたしと交わした言葉をすべて伝えていたら、このような笑顔でいられるはずがないからだ。

「ごめんなさい。今日はあなたにとても失礼なことを訊かなければならないの」

持って回った言い方をするつもりはなかった。大峰ゆかりがあたしに対して好意めいた感情を持っているなら、なおさら率直であらねばならない。彼女はあたしのそんな言葉をあまり意に留めず、「何？」と小首を傾げた。

「もちろんなんでも訊いていいわよ。美津子の事件のことでしょ？　こっちだって覚悟ができてるんだから、なんでも訊いてちょうだい。いまさら怒るくらいなら、また会うなんてしないわ」

「不愉快なことを言うから、怒ってもらってかまわないの。あたしはただ、自分の中で事件のことをすっきり落ち着かせたいだけなんだから。警察に言おうとも思わないわ」

「警察に言う？　それじゃあまるで、あたしが犯人みたいじゃない」

とぼけているのなら、大峰ゆかりは大した女優だ。あたしは直截《ちょくせつ》に尋ねた。

「本当のことを教えて欲しいの。あの夜、喫茶店で別れたきり、山浦先生とは会ってないと言ったわよね。それは本当なの？」

「本当よ。どうして？」

「実は、山浦先生のアパートまで行ったんじゃないの？」

「なんでそんなことを言うのよ。どうしてあたしが、美津子のアパートまで行かなきゃいけないの？」

「井筒さんとの仲は、うまくいってるの？」

尋ねた瞬間、穏やかだった大峰ゆかりの顔が豹変《ひょうへん》した。表情が瞬時になくなり、能面のようになる。あたしに対して親しみを感じていたのだとしても、もう残り滓《かす》すらそこには残っていなかった。

「どうしてそんなことを訊くの？　そんなことが、事件に関係あるの？」

あたしは彼女の表情の変化で、自分の推測が的外れでなかったことを悟った。やはり大峰ゆかりは、山浦先生が井筒を誘ったことを知っていたのだ。大峰ゆかりの表情は、あたしへの怒りではなく、恋人を取られかねない女の嫉妬を表していた。

「正直に言って。あの日、山浦先生のアパートまで行ったんでしょ。そこでどんなことがあったのか、あたしは訊かない。だから、本当のことを教えて」

「どうしてそんな言い方をするの？　あたしが美津子を殺したとでも思ってるの？　冗談じゃないわ。なんでそんなふうに思うのよ」

「井筒さんは、自分が訪ねていったときにはすでに、山浦先生は殺されていたと言ったわ。もちろん、彼の言葉をそのまま信じたわけじゃない。だからこそ、本当のことを言って欲しいのよ」

「あの人が、美津子のアパートに行っていた……」

大峰ゆかりは、あたしの言葉に愕然としたようだった。あたしはふたりの仲を裂くような秘密を漏らしてしまったと、強い自責の念を覚えたが、いずれはわかることのはずだ。事実を知るのは、彼女のためでもあると自分に言い訳した。

「井筒さんが、自分でそう言ったのね」

大峰ゆかりは怖いほど強張った顔で、確認してくる。あたしとしては頷くだけだった。

「じゃあ、あたしも白状するわ。あの人がそんなふうに言うなら、あたしだって黙っている必要はない。ええ、あたしはあの夜、美津子のアパートに行ったわ。あなたの言うとおり、美津子とあの人の仲を疑っていたから。ただあたしも、最初から疑っているわけじゃなかった。あの人が美津子の誘いなんかに簡単に乗るわけないと思ってた。あたしはいったん美津子と別れて家に帰って、あの人のところに電話をしてみた。そうしたら、あの人はまだ帰ってなかったのよ。そのとき初めて、あたしは不安になった。だから、美津子のアパートに行ってみたの。あたしはそこで、美津子の部屋から出てくるあの人を見た。あたしはあまりのことに、声をかけられなかった。その隙に、あの人は帰ってしまったわ。あたしが美津子の部屋に行ったのは、だからその後」

「そのとき、山浦先生とは会えたの？」

あたしの問いに、大峰ゆかりはゆっくりと首を振った。

「いいえ、美津子はもう死んでたわ」

10

電話で井筒を摑まえるのは、こちらが思っていたよりも難しかった。大学病院に勤務している井筒は、生活のリズムが不規則で、いつなら家にいるのかはっきりしなかったからだ。あたしは留守番電話に用件を吹き込む気はなかった。直接井筒と言葉を交わしたいと考えていた。

留守番電話のメッセージを六回聞かされ、そして七度目にようやく井筒の肉声を耳にすることができた。井筒はあたしからの電話に意外そうな声を上げたが、さして驚いてはいなかった。また接触があることを予想していたのだろう。あたしは相手の都合を確かめてから、本題に入った。

「まず最初にお断りしておきたいんですが、あたしは何も警察の真似をして犯人を捜し出そうとしているわけじゃありません。正直に言いますと、山浦先生が亡くなって、ほんの一瞬ですけどホッとしてしまったんです。山浦先生のことが嫌いだったわけじゃないんですが、それでもどこかお付き合いするのに疲れていたんですよ。ひどいでしょ。自分でもひどい奴だと思って、それを少しでも償うために、どうして山浦先生が殺されなければならなかったのか知ろうとしていたんです」

「藪《やぶ》から棒に、重い話を聞かせてくれますね。まあぼくも美津子の性格はよくわかっているつもりですから、あなたの気持ちも理解できますよ。でも、それがどうかしましたか」

「あたしは自分の気持ちを正直にお話ししたつもりです。ですから、井筒さんにもすべてを打ち明けて欲しいんですよ」

「すべてを？　どういう意味ですか。この前話したことで全部なんですが」

井筒の声は、特に動揺した様子もない。あたしも、井筒がこの程度のことで慌てると は思っていなかった。

「井筒さんは目撃されていたんです。十時二十分頃に、山浦先生の部屋から出てくるところを」

「十時二十分頃？　この前も言ったとおり、ぼくは十一時頃に訪ねていったんだ。目撃者もいる。いったい誰が、そんなことを言ったんですか。その人が勘違いしているんだ」

「井筒さんを見かけたのは、大峰ゆかりさんです。大峰さんはあなたと山浦先生の仲を心配して、あの日アパートまで行っていたんですよ」

井筒はあたしの言葉を聞くと、しばし黙り込んだ。すぐにも言い訳の言葉が出てくるかと思っていたので、その長い沈黙は意外だった。あたしは向こうが口を開くまで、三十分でも一時間でも待つつもりだった。

「……ゆかりが、ぼくを見かけたと言ったんですね。十時二十分頃にぼくを見たと、そう言ったんですね」

井筒は低い声で、念を押してきた。あたしは「はい」と認めるだけだった。

「そうですか……」

「大峰さんは、あなたが山浦先生の部屋から出ていってすぐ、先生を訪ねたんだそうです。あなたとの関係を問い詰めるために。でも、そのときすでに山浦先生は殺されていた。彼女はそう言っています」

「……」

井筒は返事をしようとしない。あたしはかまわず続けた。

「どうして井筒さんは、二度も山浦先生のアパートを訪ねなければならなかったんですか。山浦先生は一度目の訪問のとき、すでに亡くなっていたはず。そのときにすぐ警察に通報しなかった理由は、先日伺いました。でも二度目に訪ねていった理由は、まだ聞かせてもらっていません。死体しかないとわかっている部屋に、どうしてもう一度行く必要があったんですか」

井筒の答えは沈黙だった。あたしは電話線の向こうに誰もいないのではないかという危惧《きぐ》を抑え込みながら、自分の考えをぶつけた。

「二度目に行ったのは、細工をするためだったんでしょう。あなたが山浦先生を殺してしまったのは、あくまで弾みだったのだと思います。以前から殺意を持っていたのなら、もっとちゃんとした準備をしていたでしょうから。でもあなたは、衝動的に殺人を犯してしまった。もしかしたら、ただ突き飛ばしただけだったのかもしれない。そうしたら山浦先生は、クローゼットにぶつかった。運の悪いことに、クローゼットの上には置き時計があった。ぶつかった拍子にそれが落ちる。時計の台座は、山浦先生の頭を直撃した。人間はそんな些細なことでも、あっさり死んでしまうんですね。それは医者である井筒さんの方が、よくご存じでしょうけど」

そう、あたしは山浦先生の死を、事故の結果だと思っている。山浦先生が殺されるほど憎まれていたとは、やはり考えたくない。あれは事故だった、それでいい。

「あなたは山浦先生が死んでしまったので、びっくりしたでしょうね。なんとか蘇生《そせい》させようともしたのでしょうけど、それは無理だった。どうしてそこで警察に通報しなかったのかと、非難するつもりはありません。もし自分がその立場にいたとしても、やっぱり人ひとりの死の責任を背負いきれるとは思えませんから。そしてあなたは、自らの罪を隠蔽《いんぺい》する道を選んだ」

「……ぼくが、どうやって罪を隠そうとしたと言うんですか」

ようやく、井筒の声が聞こえた。あたしは奇妙なことに、彼の声を聞いて安心した。

「あなたは、山浦先生宛に男性からチョコレートが届いていたことに気づいた。そして、その男性に疑惑の目が向くようにし向けたんです。チョコの送り主が犯人として逮捕されなくてもいい。少なくとも自分から容疑が逸れてくれれば、それで充分だった。だから、一度帰宅して睡眠薬を持ってくると、注射器を使って残っているチョコに注入した。それだけじゃない。わざわざガラス切りを使って窓ガラスを破り、外部から何者かが侵入したような状況を作った。そうでしょう？」

「しかしその推理では、ひとつ難点がある。そういう細工をしたところで、やはりぼくが疑われるのは避けられないでしょう。ぼくがそのチョコの送り主かもしれないんだから」

すぐその点を指摘してきたのは、井筒の頭の回転が早いからか、それとも以前から気にしていたからか。あたしにはどちらともわからなかった。

「そう。チョコレートの送り主に疑惑の目を向けさせるなら、送り主がすぐに判明するようにしておかなければならなかった。一番いいのは、配送伝票をそのまま残しておくことです。でもあなたは、なぜか配送伝票を持ち帰った。この点が、一番不思議だったところなんです」

「どうしてぼくは持ち帰ったんです？」

まるで他人事《ひとごと》のように、井筒は尋ねてくる。あたしはむきになって言葉をぶつけた。

「これは想像でしかないんですが、あなたはうっかり配送伝票に触ってしまったんじゃないですか。伝票に触れたのは、山浦先生が死ぬ前だったかもしれない。いずれにしろ、自分の指紋がついた配送伝票をそこに残しておくわけにはいかなかった。だから、警察の捜査能力に期待して、それを持ち帰らなければならなかった。実際警察は、すぐに送り主を特定したのだから、配送伝票はなくてもあなたの目的は達せられたのですが」

「確かに、そのとおりだ。しかし、まだすべてに説明がついたとは言えない。忘れているんですか？　睡眠薬が検出されたのは、残っていたチョコからだけじゃないんだ。美津子の胃の中にも残っていたんですよ」

「もちろん、忘れてません。あたしはそのことがあるから、どうしてもあなたが犯人だとは思えなかった。でも、あることに気づいて、今度は逆にあなた以外に犯人はいないと確信したんです。そんなことができるのは、井筒さんしかいないから」

「その、あることとはなんですか」

「あなたが医者だということです。医者ならば、病人に流動食を食べさせるためのチューブも使えたでしょう。そのチューブであなたは、山浦先生の胃の中に睡眠薬を流し込んだんだ。遺体を解剖されても、ちゃんと睡眠薬が検出されるように」

そう、それこそがこの事件の最大のトリックだったのだ。井筒は自分にしかできないトリックを使って、容疑を他に向けた。うっかり伝票に触ってしまったというアクシデントも、逆に自分に有利に働くと冷静に判断した。彼の行動は寒気を覚えるほど恐ろしかったが、それでもその頭のよさには感嘆せずにいられなかった。

「目的は？　どうしてそんなことをしなくちゃいけないんです？」

井筒はあくまで冷静に問い返してくる。あたしの答えはもう用意されていた。

「すでに山浦先生がチョコを食べていたからですよ。もちろん、残っているチョコに睡眠薬を仕込んだだけでも、充分に計画的犯罪だったと匂わせることはできる。でもそれだけなら、犯人が一度チョコを持ち帰って細工した可能性が残ってしまう。あたしが考えたくらいだから、警察だってその可能性には当然気づくでしょう。だからあなたは、万全を期すために遺体にも細工を加えたんだ。そうなんでしょう」

「なるほど」

感心したような声を井筒は上げた。あたしは最後の質問を投げかけた。

「あなたは山浦先生を愛していたんじゃないんですか。一度は別れることになっても、忘れることはできなかったんでしょう。だから、誘われるままに山浦先生のアパートを訪ねたんだ。それなのにどうして、山浦先生が死ぬようなことになってしまったんです？　いったい、あなたたちの間で何が起きたんですか？」

井筒はあたしの問いに答えようとはしなかった。また長い沈黙が落ちる。次に井筒が口を開くまでに、たっぷり一分間は経過していた。

「それを聞かないと、あなたの気持ちは整理されないんですか？」

「——いえ、そんなことはありません」

指摘されて、ようやくあたしは自分が立ち入りすぎたことを悟った。そう、ここから先は、あたしには関係のないことだ。あたしは山浦先生の死の真相を知った。それだけで、満足しなければならないはずだった。

「なら、もういいでしょう。ぼくは疲れました。そろそろ終わりにしてもいいですか」

「はい。お手間をとらせて、申し訳ありません」

「お休みなさい」

井筒は穏やかな声で言って、電話を切った。あたしもまた、もう相手に届かないことを承知の上で、「お休みなさい」と応じた。

また明日から、これまでのように子供たちの前に立てるだろうか。あたしは自問した。

たぶん立てるだろう。あたしにとって、事件はこれで終わったのだから。

Scene3
裏側の感情

1

「お休みなさい」

そう言っておれは、ゆっくりと受話器を置いた。電話が切れる間際に、美津子の同僚だった桜井という女教師の声が聞こえたように思ったが、気のせいかもしれない。重い会話を終えて、部屋の中はふたたび静寂を取り戻したものの、今度はその静けさがおれには重く感じられた。ひとりで酒を飲む習慣などないのに、今はアルコールが恋しく感じられた。とはいえ、わざわざ買いに行く気にもならなかったが。

桜井の口にした推理は的外れだったが、充分衝撃的だった。桜井がなぜ間違った推理を組み立ててしまったか、おれにははっきりとその理由がわかる。桜井は自分の推理の立脚点を、疑うことなく無条件に信じ込んでしまったのだ。その立脚点がでたらめであったら、推理そのものがすべて崩れ去るのは当たり前のことだ。おれは桜井の勘違いを正す気力も、咎《とが》める気概も持ち合わせていなかった。

おれはリクライニングチェアから立ち上がり、窓際まで歩み寄った。ろくに掃除をしていない汚れきったガラス窓の向こうには、ただ黒いだけの夜の空が見えた。数えるほどしか星も見えない空に視線を向けながら、おれはゆかりの顔を思い浮かべる。なぜゆかりは、おれを美津子のアパートで十時二十分頃に見かけたなどと嘘をついたのか。

その答えは、わざわざ考えてみるまでもなくはっきりしていた。ゆかりは、美津子がおれを誘っていたことを知っているのだ。そしておれが、その誘いに乗ったことも。だからこそゆかりは、おれに疑いが向くような嘘をついたのだろう。警察にまでそんなでたらめを吹き込まなかったのはゆかりの良識だろうが、それでも桜井には言わずにいられなかったのだ。それほどゆかりは、腹の中に怒りを溜めていたということか。

なぜあのとき、おれは美津子の誘いに応じてしまったのだろう。改めて、そう自問してみる。自分でもあのときの心の動きは、どうにも不可解でならない。美津子の身勝手さ、他人を自分のペースに巻き込んで平然としているあの無神経さには、誰よりもおれが一番辟易《へきえき》していたのではなかったか。だからこそおれは、美津子と別れてゆかりと付き合うことにしたのだ。奪うばかりで何も与えてくれない美津子との関係に疲れ、地味ながらも優しい平穏を与えてくれるゆかりを、おれは選んだはずだった。

おれは美津子ほど朗らかで、かわいらしく、一緒にいて楽しく、我が儘で、他人の気持ちのわからない、子供も同然の女を他に知らない。美津子はどんなときでも一番光っていて、誰よりも魅力的で、そして誰よりもひどい女だった。他人を自分の意のままに従えるのは当然と思っていても、自分を他人に合わせるすべを知らない女だった。待ち合わせの約束に、自分は平気で一時間も遅れてくるくせに、こちらが十分でも遅れようものなら、もうその日は一日じゅう不機嫌だった。行きたい場所や見たい映画が互いに違っていた場合、美津子の方が自分の気持ちを抑えて折れることなど一度もなかった。

誕生日のプレゼントには、とても学生には買えないような高価なブランドのアクセサリーを要求するくせに、おれの誕生日は綺麗に忘れ去っていた。いつでも美津子は女王様で、おれは黙って仕える下僕だった。下僕にもわずかなりともプライドがあることなど、美津子は知りもしなかっただろう。下僕の気持ちなんてものは歯牙《しが》にもかけないからこそ、美津子は女王でいられたのだ。

おれはそんな下僕の立場を喜んでいた。どんな関係でもいい。美津子のそばにいられるだけで幸せだった。それほど美津子は、圧倒的なまでに魅力的だったのだ。おれは求められるなら、美津子の足だって舐めていただろう。だが美津子は、自分が女王の地位にいることに無自覚だった。だから、おれに足を舐めろと命令したことはない。あくまで美津子がおれに何かを言いつけるときは、それは懇願という形をとるのだ。その懇願を拒みきれないおれは、どう転んでも下僕でしかなかったのだが。

美津子と付き合っていた一年間は、おれの半生で最も濃密な時間だった。あの一年ほど、強い喜びや悲しみ、腹立ちや憤りを覚えたときはない。美津子の笑顔にたわいない喜びを感じ、そのあまりに身勝手な我が儘に腹を立て、そして結局は唯々諾々《いいだくだく》と従ってしまう自分を情けなく感じた。物質は激しい寒暖差に曝《さら》されると、強度が落ち極度に脆《もろ》くなる。おれの心に起きたのはまさにその現象で、わずかな間に意地も矜持《きょうじ》もすっかり摩耗《まもう》してしまっていた。おれは自分が駄目な人間になっていくのを自覚していたが、それを押しとどめる理性はないに等しかった。

それでも美津子と別れることができたのは、摩滅しきったはずのプライドの残滓《ざんし》がまだ存在したからだろう。きっかけはどうということのない、これまでだったらいくらでも我慢してきたような美津子の我が儘だった。相手の都合をまったく意に留めない美津子の言い種《ぐさ》に、おれの中で何かが切れた。下僕にも下僕なりの意地があったということだろう。おれは電話口で怒鳴り、受話器を叩きつけた。美津子はおそらく、なぜおれが怒りだしたのか見当もつかなかったはずだ。わけもわからずぽかんとしている美津子の顔を、そのときのおれははっきりと想像することができた。そしてそんな顔を想像することで、どうしようもなく湧いてくる後悔の念を、おれはかろうじて抑えつけたのだ。

今振り返れば、よく美津子と別れることができたものだと自分の勇気に感心する。下僕の反乱に遭った美津子は、離れていく相手を自分の方から引き留めようとはしなかった。お高く止まって、離れていく男に縋《すが》ろうとしなかったわけではないだろう。美津子は心底、おれの怒りの理由がわからなかったのだ。だからこそ、おれと話し合う言葉を持たなかったに違いない。おれは今でも、美津子の態度をそう解釈している。

美津子と別れた後のおれは、自分から別れを切り出したにもかかわらず、手ひどく振られたも同然に落ち込んだ。何をするにも気力が湧いてこず、ほとんど廃人のように過ごした。もしあのままでいたなら、人生の落伍者になるか、あるいは土下座して美津子に許しを請うていたかもしれない。そうせずに済んだのは、おれのそばにゆかりがいてくれたからだ。おれはゆかりに救われたのだった。

ゆかりがおれに向ける気持ちには、いつから気づいていただろう。少なくとも、付き合い始める直前ではなかったはずだ。特に意識もしないうちから、ゆかりはいつもおれのそばにいてくれた。美津子との関係に疲弊しきったおれを、ゆかりはあざ笑うことなく見守っていたのだと思う。ゆかりはおれに、美津子が味わわせてくれたような、天国と地獄がない交ぜになった強烈な時間をもたらしはしなかったが、その代わりに静かで落ち着いた、心の底からくつろげる安らぎを与えてくれた。人と人とが付き合う、正常な状態がどういうものか教えてくれた。男と女が対等な状態でいることが、おれにはなんと新鮮に感じられたことだろう。ゆかりがいなければおれは、きっと歪んだ関係をこそ普通と思い込んでいたはずだ。おれは今でも、ゆかりに深い感謝の念を覚えている。

それなのにおれは、どうしてゆかりを裏切るようなことをしてしまったのか。どうして誘われるままに、美津子のアパートを訪ねてしまったのだろう。

結局、染みついた奴隷根性は時間が経とうと拭い去れないということだろうか。それともおれは、久しぶりに会った美津子を改めて魅力的と感じてしまったのか。

おそらく、両方とも正しいはずだ。おれは今でも美津子の下僕であり、あの抗しきれない魅力を忘れられないでいる。何度も何度も繰り返した過ちを、また犯してしまったに過ぎない。一度断ち切ったはずの呪縛から、おれは結局逃れられないでいたのだ。

なんと愚かしいことか。おれは自分が情けなくなる。美津子と付き合っていたときならば、ずるずると流されるように美津子の魅力に負けてしまうのもよかろう。それはそれで、愚かであるかもしれないが、同時に紛れもなく幸せなのだ。だが今のおれには、ゆかりがいる。ゆかりを裏切ってまで美津子のアパートに行こうとした自分が、おれは信じられなかった。腹立たしくてならなかった。

言い訳をするなら、おれは何かを期待して美津子のアパートを訪ねたわけではなかった。いまさら美津子とよりを戻そうという気はない。いくらなんでも、そこまで愚かしくはないつもりだ。ただおれは、飲み会の席で少し美津子と言葉を交わしただけで、かつてのあの楽しかった時間をはっきりと思い出してしまったのだ。我が儘に振り回された辛い思い出など綺麗さっぱり忘れて、改めて美津子の魅力を再認識した。あのときのおれは、美津子に魅入られたとしか言いようがない。おれは食虫植物に誘い込まれる虫のように、美津子のアパートを訪ねると約束させられていたのだ。

美津子の方はどういうつもりだったのか、おれには判然としない。ただあの誘いが、性的な意味を伴っていたとはとても思えない。女王はいつも気まぐれなものだ。ただ昔を懐かしみ、ゆっくりとお喋りをしたかっただけというところではないだろうか。それがわかっていたから、おれもまたふらふらと誘いに乗ってしまったのだ。ゆかりを裏切っているという自覚もなしに。

ゆかりには申し訳ないことをしてしまったと思う。ゆかりは嫉妬に苦しみ、あえておれを陥れるような偽証をしたのだろう。おれはそんなゆかりの気持ちが痛いほどわかるだけに、桜井の告発を否定する気にはどうしてもなれなかった。美津子を殺した犯人と間違えられるくらい、自分の犯した罪に比べたらどうということもないのだ。いっそおれが犯人であったら、どんなに気が楽だったろう。だが残念ながら、おれは美津子を殺してはいない。おれが十一時に美津子のアパートを訪ねたとき、彼女はすでに死んでいたのだ。それは、桜井に最初に説明したとおりだ。

いったい誰が美津子を殺したのか。今の美津子の生活を知らないおれには、見当すらつけられない。だが朧《おぼろ》げに、美津子を手に掛けた者は男だろうと思えてならなかった。美津子を殺してやりたいという感情は、一度でも彼女の魅力に捕らえられた者ならば絶対に抱えるはずだからだ。他ならぬおれ自身が、美津子と付き合っている当時何度も夢想したことである。それを実行に移した者がいたとしても、おれには不思議でもなんでもなかった。

窓際から離れ、ふたたびリクライニングチェアに着いた。混乱しきった頭の中で、自分がすべきことを考える。まず真っ先にしなければならないのは、ゆかりに詫びることだろう。ゆかりを傷つけてしまったことを、おれは何度でも謝らなければならない。たとえもうゆかりが許してくれないとしても、だ。

一度受話器を持ち上げ、耳に当てた。だが、ゆかりの家に繋がる短縮番号を押す勇気が、どうしても湧いてこない。どんな言葉で詫びるべきか、情けないことにおれにはわからなかったのだ。考えあぐねた挙げ句、そのまま受話器を置いてしまった。

ゆかりはもしかしたら、本当におれが美津子を殺したと考えているかもしれない。ゆかりにとって、それは望ましい結論であるはずだからだ。常にゆかりの目の上の瘤《こぶ》であった美津子を、他ならぬおれがこの手に掛ける。事実がそうであったら、ゆかりの鬱屈も晴れることだろう。

しかし、だからといって、ゆかりの期待に添うようにおれが殺人犯になるわけにもいかない。おれはもう、たとえそれがゆかりを満足させるとわかっていても、彼女に嘘をつきたくはないのだ。だとしたら次善の策として、せめておれの手で犯人を捜し出すべきではないだろうか。

ただの同僚に過ぎなかった桜井でさえ、美津子の死を喜んでしまったという後ろめたさから、犯人を突き止めようとしていたではないか。ならば自分もまた、同じことをすべきかもしれない。おれの内なる声は、そう強く訴えていた。犯人を特定し、ゆかりに真相のすべてを告げる。それしか彼女に詫びる手段はないように思われた。

なぜならば、おれは美津子が死んだ今もなお、彼女に呪縛され続けているからだ。この呪縛は、自らの手で断ち切らなければならない。

2

考えるんだ。おれは声に出して、自らに命令した。キッチンに行き、頭をはっきりさせるためにインスタントコーヒーを淹れる。そしてマグカップを手にして、またリクライニングチェアに戻った。飲酒や喫煙の習慣がないおれは、カフェインの力を借りることなしに思考をまとめることができない。取りあえずひと口飲んで、これまでに知り得たデータを頭の中で整理してみた。

美津子は死亡時、睡眠薬入りのチョコレートを食べていたという。しかしそのチョコレートの送り主は、睡眠薬など入れていないと主張している。おれはチョコの送り主については何も知らない。だからそいつが嘘をついているのかどうかをここで考えてみても仕方のないことだ。今はひとまず、チョコレートに睡眠薬を入れたのは犯人であると仮定して、推論を展開していくことにする。

送り主が睡眠薬を入れたのでなければ、他の誰にそんな細工をするチャンスがあるだろうか。チョコに触れる機会がある人は、ほとんどいないはずだ。逆に言えば、それだけ容疑者を絞り込みやすいということでもある。これは一考の価値があるだろう。

順番に考えてみよう。チョコに触れた人物は、まず最初に宅配便の配達員、次にそれを美津子に代わって受け取ったアパートの大家が挙げられる。しかしおれが警察や桜井から仕入れた情報によれば、配達員は女であり、大家は老人だという。もちろん女や年寄りにだって人間を殺すことはできるだろうが、この場合そんな短絡的な推理はあまり適切でない。なぜなら、配達員は動機の面で、大家の場合はチョコに細工する手段の面で、それぞれ難点を抱えているからだ。美津子と利害関係のない宅配便の配達員には、チョコに睡眠薬を注入してまで殺す理由はないだろうし、大家には細工のための道具や技術がありそうにない。いくらふたりに機会があったとしても、それだけで犯人と決めつけるのは乱暴だろう。

ではは桜井が考えたとおり、犯人が犯行後に睡眠薬を注入したのだろうか。しかしその仮説は、おれが犯人である場合にのみ有効のはずだ。一般の人間が、流動食のチューブで死体の胃に睡眠薬を流し込むなどということを、人を殺して気が動転しているときに果たして思いつけるだろうか。一歩譲って仮に思いついたとしても、流動食のチューブはすぐ手に入らないだろう。そしてその点は、桜井もまた勘違いしていたところである。いくら医者だからといって、私用で使うために流動食のチューブなど持ち出せるものではない。他の物で代用することは可能でも、今度は胃までチューブを差し込む技術が必要だ。眼科医のおれに、そんな器用な真似はできない。

つまり、誰にもチョコに細工することはできなかったということになるのだろうか。確かにならば、南条というチョコの送り主こそが、やはり美津子を殺した犯人なのか。確かにそう考えるのが一番自然な気もするが、そんな単純なことであれば警察がとっくに南条を逮捕しているだろう。それに桜井も、ミステリー小説まがいの推理を組み立てておれを告発する必要などなく、もっと簡単な結論に飛びついているはずではないか。警察も桜井も南条が犯人ではないと判断しているのなら、そこにはおれが知らない根拠があるのかもしれない。机上の論を組み立てるなら、前提条件を自ら崩しては話にならなかった。

どこかに見落としがあるのだろうか。最初に戻って、もう一度考え直してみた。南条はデパートでチョコレートを買い、それをいったん持ち帰って宅配便で美津子の許に送ったという。なぜデパートから直接送らなかったのかという疑問はあるが、ホワイトデーのお返しというだけでなく他に意味があったのであれば、メッセージカードのひとつもつけていたかもしれない。だとしたら、一度自分の家に持ち帰ったところでさして不自然とは言えなかった。

まさか小包を受けつけた窓口の人間が犯人ということはないだろう。途中の仕分けする人などは論外だ。だとしたらやはり、美津子のアパートまで届けた配達員が、チョコに触れた最初の人間と考えても間違いではないはずだ。そして次にチョコを受け取ったのは、アパートの大家である。アパートの大家は、直接美津子に手渡した。ここまでの流れに、不自然な部分はないはずだった。

そこまで考えて、コーヒーを口に運ぶ手を止めた。違う。誰もが疑わなかったチョコレートの授受の過程だが、盲点があるではないか。一時チョコを預かった大家は、老人だという。老人ならば耳が遠く、目もよく見えなくてもおかしくない。小包を受け取りに来た人が美津子そっくりであったなら、それが別人かどうかなどと考えるまでもなく、そのまま手渡している可能性は大いにあるのではないか。実際美津子には、さほど親しくない人間なら間違えてしまうほど似ている血縁者がいる。たまたま姉がいないときにアパートを訪ね、そこに宅配便の不在伝票を見つけたとき、妹の杏子は自分が代わりに受け取ることを思いついたのではないだろうか。いったん受け取ってしまえば、細工自体は美津子のアパートでする必要もないのである。杏子にはチョコに睡眠薬を注入するための時間が、充分あったと考えられる。

おれは杏子のことを疑いたくなかった。何度か会ったことのある杏子は、姉とは違いごく控え目な、まっとうな感覚を持っているように見受けられた。だがだからこそ、姉の浮世離れした身勝手さに困らされることもあったのではないか。殺したいと思うほど濃密な感情を美津子に抱くのは、身近な人間でしかあり得ない。そしてそれは、美津子が付き合っていた男だけとは限らないのだ。

杏子の恋人である佐倉は、おれの同僚であり、大学時代からの友人でもある。そんな男の彼女を、姉殺しの殺人犯として疑うのはあまりにひどいと自分でも思う。しかしだからといって、思いついてしまった可能性を無視することはできなかった。せめてあの日、杏子が美津子のアパートに行かなかったと確認しないことには、おれは二度とゆかりと顔を合わせられずに、美津子の幻影に悩まされることになるだろう。自分の考えを否定してもらうためにも、おれは杏子に会わなければならなかった。

3

とはいえ、おれは杏子に直接連絡をとれるほど親しいわけではなかった。杏子との関係はあくまで、美津子や佐倉を介して成立していたのである。確かに佐倉を杏子に紹介したのはおれと美津子だが、今や佐倉に仲介してもらわないことには杏子に電話の一本もかけられなかった。だからおれは、まず佐倉に事情を説明することにした。

佐倉とは、同じ大学病院で働いているとはいえ、毎日顔を合わせているわけではない。科が違えば、一日じゅうすれ違いもしないのが普通だ。互いに忙しいこともあり、なかなか言葉を交わす機会もない。そこでおれは、病院内のＬＡＮを通じて佐倉にメールを出しておいた。

午前の診療を終えて昼食から戻ってきてすぐ、端末を立ち上げメールをチェックした。画面にはずらずらと差出人の名前が表示される。その中には佐倉の名前もあった。おれはそこにカーソルを合わせ、リターンキーを押してメールを開いた。


今日の夜なら空いている。

都合が悪ければ返信をくれ。


佐倉からのメールには、素っ気ないほど簡潔な文章が書かれていた。だがこれも、病院内では普通のことである。待合室に捌《さば》ききれないほどの病人が待っている状態で、長々とメールを書いている時間はないのだ。おれが佐倉に送った文章も、「話がある。会えないか」としか書いていない。

すぐに会えるとは期待していなかった。互いの忙しさは承知している。どうしても予定をすり合わせられなければ、直接杏子に連絡する覚悟を固めなければならないかと思っていたのだ。幸いなことに、今晩であればこちらも都合がいい。おれはすぐに、承知した旨を打ち込んで送信した。

夜八時過ぎに、佐倉の方からおれを訪ねてきた。佐倉はまるで体育会系の人間のように、派手な服を着ている。ピンクのポロシャツに紫のジャケットを羽織った筋肉質の男を、誰が医者と思うだろう。杏子と会うときにはさすがにもっと常識的な組み合わせにしているようだが、そうでないときはいつもこんな出《い》で立ちである。まるでちんぴらヤクザのような佐倉の服装は、一緒に歩くこちらの方が恥ずかしくなるほどだった。

「悪い。ちょっと待ってくれ」

そう断って、すぐに書きかけの文章に戻った。手早く結論らしきものを組み立て、ファイルを保存する。ＰＣの電源を落としてからようやく体を向けると、佐倉は特に暇を持て余しているようでもなく書棚の本をしげしげと眺めていた。

「悪いな。こっちから声をかけたのに、来てもらっちゃって」

立ち上がりながら詫びると、佐倉は気安い調子で、顔の前で手を振った。

「なに、忙しいのはお互い様だ。急ぐことはないぞ」

「いや、いいんだ。もう終わったから」

「出られるのか」

「ああ、着替えるから、もう少し待ってくれ」

着替えといっても、羽織っていた白衣を脱いでジャケットをまとうだけである。一分と待たせずに、佐倉とともに部屋を出た。

「どこに行くか?」

佐倉は、おれが何のために会いたがっているのかまったく予想もしていないような、軽い口調だった。知人が殺されたとはいっても、佐倉にしてみたら恋人の姉というだけのことだ。自分が疑われる立場にあるわけではないため、それほど気にかけてもいないのだろう。警察に任せておけばいいと思うのは、ごく普通の判断だ。

おれは病院のそばではなく、少し足を延ばそうと提案した。知人と出くわすかもしれない場所では話したくない。結局タクシーを拾い、繁華街まで出ることにした。

何度か行ったことのあるタイ料理屋に入った。適当に注文を済ませ、タイビールのジョッキを合わせてから、「で?」と佐倉がおもむろに話を促してくる。

「話って、なんだ? 山浦さんのことか」

いきなり本題に切り込んできた。鈍感そうな顔をしていても、さすがに何も気づかないほど鈍いわけではなかったようだ。おれは内心で苦笑しながら密かに失礼を詫び、頷いた。

「ああ、そうなんだ。昨日の夜、桜井っていう美津子の同僚教師から電話がかかってきた」

「電話？　またなんか違うことを訊かれたのか？」

そう訊き返してくる佐倉の顔は、どこか気まずげである。その表情を見て、おれが美津子に誘われていたことを桜井に話したのは佐倉だとわかった。だからといって、特に腹が立つこともない。おれの軽率な行動の咎《とが》は、誰か他の人に責任転嫁できることではないからだ。佐倉を責めても仕方がない。

「あの人はあの人なりに、いろいろ抱えてるようだよ」

おれは簡単に、そう答えておくにとどめた。桜井から殺人犯と告発されたなどと話せば、ゆかりの嘘を説明しなければならなくなる。おれは自分からそんなことを口にする勇気はなかった。

「それで、桜井さんがいろいろ調べているのを知って、おれも少し考えてみたんだよ」

「考えたって、犯人が誰かってことか？」

「ああ、そうだ」

答えると、佐倉はそのまま口を閉じた。言いたいことを頭の中でまとめている様子に見える。ちょうどそこに料理が運ばれてきたこともあり、おれは佐倉が言葉を発するまで待った。ウェイターが去ると、佐倉は遠慮がちに言った。

「お前の気持ちはわかるけどな、そんなことは考えても仕方ないんじゃないか。山浦さんは通り魔に殺されたのかもしれないんだ」

「通り魔じゃないよ。通り魔がチョコに睡眠薬を仕込んだりできるわけがない。あれはあくまで、美津子の知り合いの犯行だ」

「だったらよけい、付き合いが切れているお前が考えたところで意味はないだろう。山浦さんの現在の人間関係を知らないお前には、推理をするデータすらないじゃないか」

「そんなこと、考えてみなくちゃわからない。あらゆる可能性を考えて、それでお手上げならおれも諦めるよ。でも今は、まだ否定できない推論が残っている」

「推論？　じゃあ聞かせてもらおうか」

佐倉はあっさりと言う。だが、昨夜の推理をそのまま話すわけにはいかない。おれは佐倉の求めには応じず、本当の用件を切り出した。

「実はそのためにも、杏子さんと話がしたいんだ。それをお前に仲介してもらえないかと考えたんだよ」

「その推論を組み立てるために、杏子と話をする必要があるってことか？　でも杏子は、今の山浦さんの交友関係なんてあまり知らないぜ。一緒に暮らしているわけじゃないんだから」

「知っていることだけでいいんだよ。確かめたいことがあるんだ」

「まあ、そりゃいいけどさ。じゃあ、おれが訊いといてやろうか。その方が早い」

「直接質問したいんだ。できたらお前はいない方がいい」

「どうして」

初めて佐倉は、怪訝《けげん》そうに眉を寄せた。当然だろう。おれ自身、無理な頼みをしているという自覚はある。最初はもっと簡単に考えていたが、どうやらこちらの思うようにはならない雲行きだった。

「どういうことなんだよ。どうしておれがいない方がいいんだ。おれには聞かせられないようなことでもあるってのか？」

　黙っているおれに、佐倉は語気を強めた。それでもおれは、うまく説明する言葉が見つけられない。そんなおれを見ているうちに、佐倉はこちらが何を考えているか見当がついたようだ。顔を強張らせて、「まさか」と言った。

「まさか、杏子のことを疑っているわけじゃないだろうな。えっ？　おい、そうなのか」

「――疑っているわけじゃない。可能性として、それも考えられると思っただけだ。おれはただ、杏子さんにその推論を否定して欲しいだけなんだよ」

「冗談じゃない。どうしてそんなことを考えたんだ。いくらお前でも、おれは怒るぞ」

「もっともだ。だが、ちょっとおれの推論を聞いてもらえないか。おれは動機の面はまったく無視して、チョコレートに睡眠薬を入れることができるチャンスがある人は誰かと考えてみたんだよ」

　佐倉は今にも席を立ちかねない剣幕だった。だからおれは、観念して自分の推論をそのまま説明することにした。佐倉は頭に血が上りやすい奴かもしれないが、決して馬鹿ではない。おれの推論をもっともと思えば、むやみに腹を立てはしないはずだった。

すべて説明し終えると、佐倉は憤りを抑えるようにビールを呷《あお》った。そして一拍おき、ゆっくりと頷く。

「お前の考えたことはよくわかった。なるほど、確かに可能性だけを追求するなら、そういう推論も成り立つ。それは認めるよ。だがな、わざわざ杏子に会って確かめるまでもない。あの日、杏子にはアリバイがあったんだ」

「アリバイ？」

きっぱりと言い切る佐倉に、思わずおれは訊き返した。アリバイという単語は確かにこの場合適切だが、そんな主張をされることなどまったく想定していなかったのだ。おれはただ、美津子のアパートに行っていないという言葉を聞ければ、それで充分のつもりだった。

「高校のときの友達が、東京に出てきていたそうだ。杏子は一日じゅう、その人に付き合って東京見物をしていたよ。それは警察も確認済みのことだ」

警察でも確認済み。ならば佐倉がこの場限りのごまかしで主張していることではないだろう。おれは佐倉の言葉を聞いた一瞬後に、心底安堵している自分に気づいた。杏子が美津子を殺した可能性を、おれ自身強く否定したいと望んでいたのだ。

「それだったらよかった。アリバイがあるというのなら、もういいんだ。ひどいことを言ってしまったな。すまん」

おれは頭を下げた。佐倉は「いや」と首を振ると、難しい顔つきのまま応じた。

「おれの方こそ、お前の気持ちを甘く見ていたようだよ。お前がそこまで、山浦さんの死を強く受け止めているとは思わなかった。お前にとって、山浦さんとの付き合いはもう昔のことなんだと思ってたよ」

「美津子との付き合いは過去の話だ。でもゆかりとは、これからがある。おれはゆかりのために、美津子の死を無視しているわけにはいかないんだよ」

おれの決意がどの程度佐倉に伝わったのかは判然としなかった。だが長い付き合いだけに、佐倉はこちらの心情を理解してくれたようではある。「わかった」と頷いて、おれの顔を正面から見た。

「そういうことなら、やっぱりお前と杏子を会わせた方がいいかもしれないな。ちょっと気になることがあったんだよ」

「気になること？」

「ああ、山浦さんの香典のことなんだがな」

そう言って佐倉は、思いがけない言葉を続けた。

4

佐倉は思い立ったらすぐに行動するタイプである。携帯電話を取り出すと、その場から杏子に連絡をとった。今から出てこいと言われ、杏子はかなり面食らっていたようだったが、結局説き伏せられてこちらに来ることを承知した。医者と交際するならスケジュールどおりの行動などできないことはわかっているとしても、こんな無茶な要求にそのまま応じるとは、できた性格なのか、男に従順なタイプなのか。いずれにしても、姉とは大違いの性格だということはよくわかる。

一時間ほどで来るというので、おれたちはその間、昔話に始まってこの前の同窓会に到るまでの回想を互いにぽつりぽつりと口にしていた。すでに死んだ人に関係することなので、あまり話は弾まない。しかしそれでも、おれたちは美津子の話題から離れたことを話そうとはしなかった。美津子を殺した犯人が捕まらない限り、おれたちはずっとこんな調子でしか話ができないかもしれないなと、ふと考えた。

杏子はきっちり一時間後に店にやってきた。いくら電車で一本とはいえ、女性は身支度もあろうに、なかなか機敏なことだ。どうやらただ従順というわけではなく、柔軟に機転が利くタイプのようだ。佐倉には過ぎた女性ではないかと内心で思ったが、むろん言葉にはしない。

「すみません、こんな時間に出てきてもらっちゃって」

おれは立ち上がって、礼を言った。少し息を弾ませている杏子は、「いえいえ」と言いながら、佐倉の隣に腰を下ろす。取りあえず杏子の分のビールを注文して、改めて挨拶をした。

「どうもこのたびはご愁傷様でした。一応葬儀には顔を出したのですけど、きちんとしたご挨拶もできず」

「それはこちらの方がお詫びしなければならないことです。姉のことではご心配をおかけしました」

杏子は尋常《じんじょう》な挨拶をして、頭を下げた。おれが学生の頃にはまだ子供っぽかった杏子だが、しばらく会わない間にすっかり常識を身につけた大人になっていたようだ。おれは少しでも疑いを向けた自分を恥じ、言葉に窮したが、そこは佐倉が助け船を出してくれる。

「この前、山浦さんの同僚だった桜井って人から連絡があったろ。あの人の話を聞いて、井筒もいろいろ考えたらしいんだ」

おれが杏子を疑っていて、それに腹を立てたことなど、佐倉は微塵《みじん》も窺わせなかった。おれは目配せで礼を言い、杏子に視線を戻した。

「気にする必要はないんじゃないかと言ったんだが、まあこいつの気持ちはわからないでもない。自分で納得できるまで調べればそれでいいと言うんで、ほら、例の話を少し聞かせてやったんだよ」

「ああ、あのこと」

すぐに杏子は理解し、いささか強張った面もちでおれの方を見た。おれは杏子の口から説明してもらうため、そのまま無言で頷く。

「どこまで佐倉さんからお聞きになっているかわからないんですが、最初から話してもいいんでしょうか」

「それはかまいません。そうして欲しいんです」

おれが強く言うと、杏子は軽く顎を引いた。自分の中で気持ちを固めようとしているかに見える。

「ではお話ししますが、姉の生前のことでちょっと気になることがあったんです。それはこの前香典を調べていて気づいたことなんですけど」

佐倉の説明によると、弔問客から受け取った香典の中に、少し常識外れなほどの金額が入った不祝儀袋があったという。

「十万円も入っていたんですよ。いくら親しい関係だったにしろ、香典に十万円は多すぎますでしょ。それで、どんな方がくださったのかと名前を確認してみたんですけど、書いてないんです」

正確に言うと、無記名だったわけではないそうだ。ＰＴＡとだけ、筆文字で書かれていたという。

「ＰＴＡの方なら、姉に世話になったという意識があるかもしれません。でも十万円はちょっと多すぎますよね。それに、何も自分の名前を伏せる必要はないはずです。それで、どういうことかとずっと気になってたんです」

「どういうことだと思いますか？」

おれが促すと、杏子は一瞬躊躇するように、横にいる佐倉の顔を見た。佐倉は難しい顔のまま、『仕方ないだろう』と言わんばかりに頷きかける。それに力を得たらしく、杏子は一度口を引き結んでから続けた。

「姉は井筒さんと別れてから、誰とも付き合っていないんだろうと、これまでは思っていました。でも実際はそうじゃなく、特定の方がいたんじゃないかと思うんです」

それは、佐倉からも聞いていないことだった。わずかな、ほんのわずかばかりの衝撃がおれの胸を訪れる。別れて何年にもなる女が誰と付き合おうと、おれには関係のないことじゃないか。そう自分に言い聞かせたところで、自分自身の気持ちを偽ることはできない。やはりおれは、未だに美津子に呪縛されているようだ。

「もしかしてそれが、ＰＴＡの人だと？」

声が上擦っていないことを祈った。ふたりの表情に変化がない様子からすると、なんとか内心の動揺をごまかすことができたようだ。杏子はおれの質問に、こくりと顎を引いて答える。

「そうじゃないかと思うんです」

「その人が、香典に十万を包んだって言うんですね。でも、どうしてその人とお姉さんが付き合っていたと考えるんですか。十万の香典には、もっと他の意味があるのかもしれないでしょ」

「もちろんそうですけど、その香典を見て、生前の姉がふと漏らしていたことを思い出したんです」

「漏らしていたこと?」

「はい、私と姉はあまり男性のことについて話したりはしないんですが、あるとき結婚についてちょっとお互いの気持ちを打ち明け合ったことがあるんです。いつ頃結婚したいかとか、どういう相手がいいかとか、まあそういう漠然とした夢ですけど」

へえ、と横で佐倉が呟く。この話は佐倉も初耳だったようだ。佐倉は杏子と結婚するつもりでいるようだから、その話の内容は大いに気になるところだろう。だが今は、話を逸らしてしまうような言葉を挟む気はないようだ。

「そのとき姉は、こんなふうに言ったんです。『結婚できる相手ならいいけど』って。それを聞いたときは私、どういう意味かわからなかったんですけど、今振り返ると、相手の方には奥さんがいるって意味じゃないかなと思うんです」

「つまり、お姉さんは不倫をしていた、と言うんですね」

声を出すと、喉が渇いているのがわかった。気の抜けかけたビールを、慌てて胃に流し込む。味など、よくわからなくなっていた。

「そんなふうには思いたくないんですけど、PTAとしか書いていない香典をいただくと、どうしても自分の考えが否定できなくて……」

杏子はだんだん声を小さくして、終《しま》いには俯《うつむ》いてしまった。自分が話をしている相手が、かつて姉とどういう関係にあったのか、いまさら思い出したのかもしれない。あるいは身内の恥を曝すことに、いたたまれない気分なのか。いずれにしても、酷《こく》なことを言わせてしまったようだ。

「その相手の方に心当たりはあるんですか。名前を聞いたことがあるとか」

それでもおれは、質問の手を緩めなかった。ここで遠慮しても、なんにもならない。杏子にしたところで、このままずっと疑問を抱えていくのがいいこととは思えないだろう。おれは自分の身勝手さを、そう言い訳することでごまかした。

「いえ、名前はぜんぜん聞いたことありません。ＰＴＡの人だけじゃなく、それ以外の関係の方も」

「じゃあ、お姉さんにチョコレートを送った南条という人の名前も、初めて聞いたんですか？」

「そうです。こんなことが起きるまで、私は何も知りませんでした」

杏子は、自分が姉の生活を気にかけなかったことを後悔しているかのような口振りだった。だがそれは違うと、おれは思う。美津子のことを知らなかったのは、何も杏子だけではない。かつて恋人として付き合っていたおれでさえ、今にして思うと美津子のことを完全にわかっていたとは言えない。人間はどんなに深い付き合いをしていたところで、決して完全に理解し合うことなどないのではないだろうか。恋人だろうと、身内だろうと。

美津子が不倫していたとして、その相手がこの事件に関わりがあると断定する材料はまったくない。だが昨晩考えたとおり、美津子を殺したいとまで思う強い感情は、身近な人間でないと湧いてこないだろう。現在の美津子の交友関係を知らずに、犯人に辿り着くことは不可能だ。おれはまず、美津子の付き合っていた相手を特定する必要があると考えた。

「無理を承知でお願いするんですが、お姉さんの遺品の中にあるはずの、学校の名簿を貸していただくわけにはいかないでしょうか。できたら、PTA名簿があると一番いいんですけど」

おれがそう申し出ると、杏子はもちろん、佐倉も驚いたような表情を浮かべた。おれがそこまでこだわるとは思ってなかったのだろう。だがおれは、興信所を使ってでも美津子の不倫相手を捜すつもりになっていた。そのためにはまず、手がかりが必要だ。

おれはよほど思い詰めた顔だったのかもしれない。杏子は気圧《けお》されたように、「捜してみます」と囁くように応じた。

5

杏子からの連絡は、三人で集まった日の三日後に佐倉を通じて届けられた。だがそれはPTA名簿が見つかったという報せではなく、もっと意外な報告だった。おれは佐倉からのメールをもらったとき、すぐにはその文面の意味がわからなかった。

山浦さんの日記が見つかった。

ＰＴＡ名簿よりも参考になりそうだ。


こんな短い文面では、どういうことだかよくわからない。詳しいことを教えろと返信を打っておくと、夜になって直接電話がかかってきた。

「悪いな。忙しくてメールに詳しいことが書けなかった。今、空いてるか」

佐倉は前置きもなく、いきなり用件を切り出してくる。おれは手にしていた万年筆を置いて、「かまわない」と答えた。

「日記が見つかったのはいいが、ＰＴＡ名簿より参考になりそうだってのは、どういうことなんだ。不倫相手の名前でも書いてあったか」

ナースが出ていったのをいいことに、こちらも直截に尋ねる。向こうは周囲に人がいるらしく、小声で「いいや」と応じた。

「そうじゃないが、イニシャルが書かれていた。これだけでも充分参考になりそうだ」

「イニシャル」

ならば、それとＰＴＡ名簿を照らし合わせれば、相手の名前をかなり絞り込むことができるのではないだろうか。確かにそれは大きな手がかりだ。

「見たいな。見せてもらえるのか」

「それはかまわないだろう。杏子もそのつもりのようだ」

簡単に応じられて、ふとおれは後ろめたさを覚えた。なんの権利があって故人の日記を読むつもりかと、自分の申し出たことに疑問を感じたのだ。日記の中身は、情人《じょうじん》との生活を赤裸々に書いたものであるかもしれない。そんな文章を、おれはどんな顔をして読めばいいのだろう。それとも、杏子があっさり許可してくれたということは、おれが気にする必要はないという意味か。

「しかし、意外だな。あの美津子が日記をつけているなんて。そういう性格だとは思わなかった」

おれは内心のためらいは取りあえず抑え、素直な感想を口にした。おれが知っている美津子は、そんなこまめなことをする性格ではなかった。だが学校の先生ともなると、生徒の指導日誌くらいつけているかもしれない。とすると、私生活については覚え書き程度の記述でしかない可能性もある。いずれにしても、たったひとりの遺族である杏子が現物を見せてくれるというのであれば、おれがあれこれ考えても意味はないだろう。

「日記はパソコンの中に入っていたそうだ。山浦さんのノートパソコンは証拠物件として警察が持っていっていたそうだが、それが返ってきたんで日記のことがわかったんだ。ほら、最近のワープロソフトには日記機能もついているだろ。それを面白がって、取りあえず手慰《てなぐさ》みに日記をつけていたようだ」

なるほど。それならば理解できる。おれもソフトをバージョンアップしたときには、ひととおり新機能をいじってみることはある。美津子もそんな調子で、ちょっとした文章を打ち込んでいたということか。

「そうか。で、それはいつ見せてもらえるんだ？　取りに行くが」

「そんな必要はないよ。せっかくデータで残ってたんだから、おれがメールで送ってやる。それでいいだろ」

「お前の手許にあるのか。お前はもう中身を読んだのか？」

「ああ、読んだ。悪いとは思ったんだが、杏子がぜひ読んでみてくれと言うんでね。だから今は、おれのところにもコピーしたファイルがある」

「じゃあ、すまないがそれを送ってくれ。おれの私用メールアドレスの方に送ってくれるか」

「わかった。帰ったらすぐ送るよ。送ったら電話する」

「頼む」

それを最後におれたちは電話を終えた。おれは書きかけだった仕事を仕上げると、そのまま真っ直ぐに帰宅した。

落ち着かない気分で佐倉からの連絡を待った。駅前のコンビニエンスストアで買ってきた弁当を食べて、風呂にも入らずに待ち続ける。結局電話が鳴ったのは、十一時を過ぎた頃のことだった。おれはそれまでの時間を、小説を読みながら過ごそうとしていたが、内容はまったく頭に入っていなかった。

今メールを送ったという言葉だけを聞いて、他には会話を交わすことなく電話を切った。すぐにパソコンを立ち上げ、メールソフトを起動する。プロバイダーにアクセスすると、メールが届いている旨のメッセージが表示され、自動的にダウンロードが始まった。
　接続を切り、ダウンロードしたばかりの圧縮ファイルを解凍した。あまりサイズの大きくない、メジャーなワープロソフトの文書ファイルが出てくる。それをダブルクリックすると、ワープロが立ち上がり、美津子の日記が表示された。

6

4月5日（土）
ちょうど新学期になったことだし、日記をつけてみようかと思う。日記なんて、小学生の頃の絵日記しかつけたことがなかったけど、生徒たちにそれを強いているのだから少しはがんばらねば。ワープロも、これまでは生徒に配るプリント作成用にしか役に立ってなかったから、日記機能を使ってみるのも面白いだろう。さて、どこまで続くやら。

……

4月7日（月）
五年生を受け持つのは初めてだけど、意外と楽かもしれないと思う。受験する子もいる六年生ほど責任が重くはないし、もっと下の学年に比べると子供たちもけっこう成長したから、聞き分けがよくなっている。でもそれも、まだ新学期だからだったりして。そのうち化けの皮が剝がれるのかな。

……

4月10日（木）
給食が始まったので嬉しい。お昼ご飯を出前で頼むのは経済的に苦しいし、かといって早起きしてお弁当を作っていくのは面倒臭いし。私が子供だった頃に比べて、最近の給食はおいしくなったから、割と楽しみだったりする。それでも残す子がいるから、最近の子供は贅沢だ。だからって無理矢理食べさせると、うるさいことを言う親もいるから面倒。

……

4月21日（月）

5月に入ったら生徒たちの家を家庭訪問しなければならない。家庭訪問はそれなりに面白いこともあるんだけど、やっぱり面倒臭い。できるならやりたくはないし、たぶん親だって学校の先生なんて大歓迎ではないはずだ。いったい誰が喜ぶんだろう。生徒かな。そういえば、生徒は割とはしゃいでるな。

……

5月7日（水）

今日から家庭訪問スタート。今日は三軒。どこの家も気合いを入れて掃除したらしくて、こちらもかえって気疲れしてしまう。しんどい。

……

5月15日（木）

今日は珍しく、訪問先に父親がいた。仕事が休みだったらしい。一瞬、いやだなと思ったけど、話をしてみたらむしろ母親だけよりも楽だった。もちろん相手にもよるんだろうけど、話をしていて楽しい人だったので助かった。こんな家庭訪問だったら、何度でもしたいところだけどな。残るは七軒。

……

5月19日（月）

今日も引き続き家庭訪問。山本《やまもと》君がお茶を運んできてくれたのはいいが、テーブルの上でこぼしてしまい、スカートにかかった。すぐに拭いたけど、染みになるかも。山本君はふだんからおっちょこちょいだからな。まったくもう。

……

5月22日（木）

ようやく家庭訪問もお終《しま》い。次に親と話をするのは、6月の父母参観だ。それも気が重いけど、まあ取りあえずひと仕事終わった。疲れた、疲れた。今日は給料日。

この後美津子は、しばらく学校の生活について語り続ける。そこに男の影は見えない。南条という同僚教師の名前は出てくるものの、美津子の方に特別な意識はないようだ。そして六月の半ば過ぎに、問題の男の記述が現れる。

6月19日（木）

学校の帰りにデパートに寄ったら、偶然Kさんに会った。向こうから声をかけてきてくれて、嬉しかった。暇だったらしくて、もしよかったらとお茶に誘われる。一時間ほど話をしただけだけど、すごく楽しかった。わざわざ雨の中、デパートに行って大正解。

……

6月28日（土）

Kさんに食事に誘われた。プリンスホテルの食事券をもらったから、一緒にどうかってことだった。家族と行けばいいのにと思ったけど、この前の話の様子だとどうも奥さんとうまくいってないようだったから、それで私を誘うんだろう。どうしようか迷ったものの、こんな誘いはめったにないので承知してしまった。もちろん相手がKさんだったからということもある。

Kさんは話が上手で、一緒にいて飽きない。年が離れた人もいいものだなと思うけど、でもこれ、二重にスリリングだったりする。やっぱりまずいかな。

……

7月10日（木）
またKさんに誘われた。もう口実を用意する気もないらしい。でも私の方も断る気はなかったんだけど。
青山《あおやま》でお寿司を食べて、そのまま渋谷《しぶや》のショットバーへ。ああいうお店に行くのはすごく久しぶりだったんで嬉しかった。子供の相手をするのは苦じゃないつもりだけど、いつの間にかストレスが溜まっているのかも。Kさんみたいな大人の人と接していると、ホッとする。
まあいいやと思って、東急《とうきゅう》ホテルへ。

……

7月18日（金）
今日から夏休み。やっぱり嬉しい。あー、今年はどこに行こうかな。早めに予定を立てなきゃ。

……

7月30日（水）
出張で名古屋に行くので、一緒に行かないかとKさんから誘われた。8月2日から4日まで。どうせ不倫旅行なら京都辺りがよかったけど、まあしょうがないか。時間が余って足を延ばせるといいけど。

……

8月2日（土）
誰か知っている人に会うかもしれないからって、行きの新幹線は離れた席。つまらないからずっとウォークマンを聴いていた。名古屋に着いても、すぐに仕事があって一緒に市内見物もできなかった。なんのために私を呼んだのかしら。頭に来て、ホテルでこれを書いているところ。
と書いたけど、夜には料亭で会席料理をご馳走してくれたから許してやろう。

8月3日（日）
今日も別行動。私はひとりで寂しく名古屋城を見物してきた。馬鹿みたい。
夜はイタリアン。こんなことしか書くことがないとはね。まったくもう。

8月4日（月）

昨日までの罪滅ぼしのつもりか、今日は午後からずっと私に付き合ってくれた。結局京都まで行って、三年坂界隈を散策。いかにもなシチュエーションなんで笑っちゃうけど、それはKさんも同じだったみたい。意外とお茶目なところがあるのかな。河原町のプチホテルでちょっと休憩して、ほとんど最終に近い新幹線で帰ってきた。帰りもまた別々だったけど、それはもう仕方ないと諦めた。けっこう楽しかった。

美津子とKという男は、急速に接近したようだ。あまり躊躇もせずにそういう関係になるところが、いかにも美津子らしい。こんな調子で美津子は、二週間に一度のペースでKと会い続けている。Kの職業は、意識して記述を避けているのか、推測する手がかりすらなかった。それでも、相手がかなり裕福だということはわかる。本当にKが、美津子が受け持つ子供の親だとしたら、それほど年寄りではないはずだ。若くして金が自由になる職業は、そう多くはない。これは、相手を特定する有力な材料になるだろう。

9月23日（火）

給料日なので、8月の出張のときのお礼に、私がKさんに奢ってあげた。いつも連れていってもらうような高い店には行けないから、安い無国籍料理屋で。それでもK

さんが喜んでくれたから、私も嬉しかった。

……

9月26日（金）

初めてKさんの職場に電話をした。明日の予定を確かめるため。Kさんは私たちの関係には慎重で、こちらの職場に連絡をしてきたことなど一度もない。父母の者だと名乗れば、別に怪しまれずに取り次いでくれるのに。私が電話をすると、Kさんは周囲の耳を気にしているようで、そわそわしていた。そんなKさんの反応から、私は自分が不倫をしているのだと初めて実感した。

彼の子供と教室で会っても、別になんとも思わなかったのに。私の方がおかしいのだろうか。

この日の記述は、かなり決定的だ。疑う余地なく、Kが美津子の受け持つ生徒の父親だということがわかる。やはり杏子の勘は正しかったというわけだ。

この日を境に、ふたりの関係は徐々にぎくしゃくし始める。

10月8日（水）

Kさんと食事をしているときに、初めて彼の奥さんのことを話題にした。私が奥さんを綺麗な人だと誉めると、露骨にいやな顔をした。そんな顔を見せられると、私との関係はどう思っているのか確かめたくなってしまう。でも彼は、こちらの質問には正面から答えてくれなかった。

どうせ離婚する気はないだろうと、最初からわかっていたけど、向こうがはっきりとああいう態度をとるのは面白くない。

……

10月20日（月）

今日は私の誕生日。Kさんはネックレスを買ってくれた。特にブランドなんかに興味はないつもりだったけど、ティファニーのプラチナのネックレスを実際にもらったりすると、やっぱり嬉しい。この前奥さんの話をしてちょっと険悪になったのを気にしているのかな。こんなふうに物でご機嫌をとられてしまうのも悔しいけど、でも少し許してやろうかという気になる。

……

11月6日（木）
今日はムッとした。話の流れでK君のことを誉めただけなのに、彼は嫌みと受け取ったようだ。どうしてそういうふうに思うんだろう。普通の恋愛ではなく、後ろめたい気分を引きずっているから、私のちょっとした言葉に過剰反応するんだ。あー、不倫なんてやだ、やだ。もう解消しようかな。どうせ傷つくのはこっちなんだし。
でも、別れるんならもうちょっといい思いがしたいな。みすみす解放しちゃうのはもったいない。向こうだってずいぶん楽しんだんだからね、それなりのことはしてもらわないと。

……

11月19日（水）
驚き。Kさんがあんなに私と別れたがらないとは。ちょっと別れを仄めかしただけなのに、大慌てされてかえってびっくりした。そうか、そんなに私のことを大事に思っていたとはね。いつもクールな人だから、かなり意外だったなぁ。

……

12月5日（金）
クリスマスイヴの予定を聞いたら、あっさりと「仕事」だって。この前のことがあるから、無理してでも私に付き合ってくれるかと思ったのに。まあそういうクールなところがいいんだけど、少し寂しいな。クリスマスイヴには、私はどうすればいいのか。ひとりで家にいるのはいやだし、かといって女友達と一緒に過ごすのも恥ずかしいし。

……

12月24日（水）
結局、家でひとりきり。頭来た。今度自宅に電話してやろう。どんな慌てた声を出すか、見物《みもの》だ。

12月25日（木）
無理に時間を作ってもらって、クリスマスプレゼントを渡した。思いっ切り派手なネクタイ。家に持って帰るわけにもいかないで、結局仕事場に置いておくんだろうな。でも私の前では締めておかないと、絶対に許さない。
彼からのプレゼントは、フェラガモの靴。これでまた機嫌をとったつもりかもしれないけど、でも今度はごまかされないのだ。これくらい、買ってもらって当然なんだから。

……

12月31日（水）

ひとりで大晦日を過ごすのは寂しいので、彼の家に電話をかけてみた。もちろん担任教師としてではなく、名前を名乗らない怪しい女として（笑）。けっこう毅然《きぜん》とした喋り方だったので、感心した。もっと慌てるかと思ったのに。

1月1日（木）

新年なのに、最悪な気分。昨日のことを彼に怒られた。何もあんなに怒らなくてもいいのに。結局家庭が大事なのね。よくわかった。

杏子とふたりで初詣。杏子は佐倉さんとうまくいっているようで、けっこうなことだ。

不倫相手が出てくる記述は、この元旦を最後に終わっている。その後会わなくなったのか、それとも美津子が書かなくなったのか、それは文面からはわからない。年が改まってから何も書かない日が増えているから、そろそろ日記をつけることに飽きてきたのかもしれない。最後の記述は殺される一週間前のもので、学校の授業内容にごく簡単に触れているだけだった。

　日記の内容は、おれが知っている美津子らしくもあり、またまったく知らない女性の文章のようでもあった。だからだろう、おれは自分でも思いがけないほど冷静に読むことができた。後半部分の我が儘ぶりはいかにも美津子らしいが、それ以外の学校の記述にはおれも知らない女教師の顔が現れる。意外に美津子は、子供にとってはいい先生だったのかもしれないなと、おれは感想を持った。そのために、不倫相手を振り回している美津子を冷静に眺められたようだ。

　今年に入ってから、Kと美津子の関係がどのようになったのか、この日記を読んだだけでは不明だ。だがKが美津子のエスカレートする我が儘に辟易し、最終的な手段を執《と》った可能性は大いにある。少なくともふたりの関係がうまくいかなくなっていたのは事実なのだ。やはりKが何者か割り出す作業は、決して無駄ではないだろう。おれは日記を全文読んで、そう強く確信した。

7

　学校の名簿は、その翌日におれの許に届けられた。佐倉は忙しかったらしく、ナースが代わりにこちらの診察室まで持ってきた。おれはそれを受け取ると、診察の合間に開いてみた。

美津子が受け持つクラスは、五年二組だった。そのクラスには、名字のイニシャルがKになる男子生徒は四人いた。Kというイニシャルが名字と判明しているわけではないが、まあまず間違いないだろう。Kの子供が男だという点は、十一月六日の記述で〝K君〟と書いてあることからも明らかだ。男子生徒四人の名字は、笠原《かさはら》、小島《こじま》、小宮山、近藤《こんどう》だった。

保護者欄に目を移すと、近藤だけは女性の名になっていた。父親がいないのだろう。だとしたら美津子の不倫相手は、残り三人の父親の中にいるということになる。

そのときになって、ふと気にかかることがあった。小宮山の保護者の名前に、どこか見憶えがあったのだ。どこで見かけた名前だろう。患者のひとりだろうか。おれはしばらく考えて、そしてようやく思い当たった。なんのことはない、同じこの大学病院に勤める医者に、小宮山茂樹《しげき》という人がいたではないか。まさか、同一人物なのだろうか。

おれはそばにいるナースに、外科の小宮山先生がどこに住んでいるか知っているかと尋ねてみた。だがナースは、「さあ」と首を捻《ひね》るだけで役に立ってくれない。仕方ないので、手が空いたときに直接外科まで行ってみることにした。

一時過ぎにようやく患者がひととおり捌《は》けて、時間ができた。おれは昼食も摂らずに、まず外科に向かった。外科は佐倉の所属先でもあるが、電話で小宮山先生の住所を尋ねるのは、向こうも多忙だろうから迷惑をかけることになる。できたらナースを摑まえて、調べてもらうつもりだった。

ナースステーションに行くと、都合のいいことに面識のあるナースがいた。ちょっと男に媚びるタイプの、馴れ馴れしい振る舞いが目立つ女性だ。同僚ナースには顰蹙《ひんしゅく》を買っているらしいが、こんな際には助かる。おれはその子を摑まえ、小宮山先生の住所が知りたいんだけどと頼んでみた。

「ちょっと待ってください」

案の定、愛想よく頷いて、すぐに調べてくれる。書類を開いて読み上げられた住所は、あろうことか、美津子の学校名簿のそれと一致していた。

とんでもない偶然もあったものだ。こんな身近に、美津子の不倫相手かもしれない人物がいたとは。しかしこれは、おれにとっては大変な幸運でもある。何しろ興信所を使ってでも身許を調べようと思っていたくらいだから、そのために使う金がかなり浮いたことになるからだ。

「じゃあさ、ついでにもうちょっと調べて欲しいんだけど、去年の八月に、小宮山先生は名古屋に出張してないかな。正確には、八月の二日から四日の間だ」

美津子の日記の記述を思い出し、そう尋ねた。もし出張していたなら、他のふたりを調べてみるまでもない、これで確定だ。

ナースは素直に応じてくれ、また書類を繰る。その返答は、ごく簡単なものだった。

「行ってませんよ。去年の八月二日から四日の間は、小宮山先生はふだんどおりに出勤していらっしゃいました。それがどうかしましたか？」

「いや、別にどうということはないんだ。悪かったね」

容疑者ともいえる三人のうち、ひとりがあっさりと排除できたことに、おれは拍子抜けしていた。この調子で残るふたりのうちのひとりに絞り込めればいいのだが、そううまくはいかないだろう。おれが小宮山先生のことを調べさせたことは内緒にしておいてくれと口止めして、その足で昼食を食べに出た。

午後は入院患者の容態をひととおり見て回り、手術の準備などを整えて過ごした。そして一日の仕事が済み、さあ帰ろうかと思っていたときに、佐倉から内線電話が入った。

「名簿、届いてるか」

佐倉はそう切り出してくる。昨日の日記の件まで含めて、メールで礼を言っておいたのだが、まだ読んでいないのかもしれない。おれは改めて、佐倉の骨折りに感謝の意を示した。

「受け取った。いろいろありがとう。名前を調べてみて、びっくりしたよ。外科の小宮山先生の息子が、美津子の受け持ちクラスにいるじゃないか」

「そうなんだよ。おれも名簿を見て、初めて知った」

「昼頃、そっちに行ったんだよ。それで少しだけ確認させてもらった。結論から言うと、小宮山先生がKではなかったけどな」

「そうか。まあそうだろうな。それで、これからどうするんだ」

「お前、今、手が空いているのか。よかったら、少し付き合ってくれないか」

「ああ、そのつもりで電話したんだ。ちょっと話を聞かせてくれ」

「わかった。ちょうど出るところだったから、そっちに向かうよ」

電話を切り、外科病棟に向かった。小宮山先生のことを調べさせたナースとは顔を合わせたくないと思っていたところ、すぐに佐倉が姿を見せた。相変わらず、ものすごいセンスの服を着ている。今日は緑のジャケットに黄色のワイシャツだ。これでスラックスが赤なら信号機だなと、内心で考えた。

「すまん。どこに行くか」

軽く手を挙げて近づいてくると、佐倉はそう言った。少し相談して、やはり今日も病院から離れた店に行くことにする。病院前からタクシーに乗り、多少騒がしいくらいの大皿料理屋に入った。

適当に注文し、お絞りで手を拭いてから、佐倉は「で？」と促してきた。

「日記を読んでの感想はどうだ。ショックだったか」

「別に」真顔で尋ねてくる佐倉に、おれは短く応じた。「ショックなんてないさ。どうして？」

「こだわっているようだったからさ。お前に見せたら酷かと思ったんだが、心配しすぎか」

「大丈夫だよ。冷静に読んださ」

そしておれは、Kという男が金持ちであることがわかるという点から始め、小宮山先生が去年八月頭に出張に行っていない事実から疑惑が晴れたことまでを説明した。

「おれも名簿を見て、すぐに小宮山先生のことには気づいた。でも、Kが小宮山先生でないことは確実だよ。出張の件もあるけど、曜日が合わない」

こちらの言葉を受けて、佐倉が言う。おれは意味がわからず、問い返した。

「曜日？」

「ああ、そうだ。お前、気づかなかったか。山浦さんがKと会っているのは、ほとんど水曜か木曜だ。水曜も木曜も、小宮山先生は病院に出ている。先生の休診日は月曜なんだ。不倫相手と飯なんか食っている暇はないよ」

「ああ、なるほど」

そこまでは気づかなかった。単にKには家庭があるから、平日に会っているのだろうとしか思わなかったのだ。おれは鞄からプリントアウトした日記を取り出し、確認した。確かに、佐倉の指摘したとおりだ。

「冷静に読んでいるつもりだったけど、自分で思うほどじゃなかったのかもな。曜日の点にはまったく気づかなかった」

「まあ、それはおれが小宮山先生のスケジュールを知っているから、すぐにわかったことだよ。何せ一緒に働いている関係なんだからな」

佐倉は運ばれてきたビールジョッキを受け取り、旨《うま》そうに呷る。おれは少し口をつけただけで、すぐテーブルに置いた。酔っぱらっている場合ではないと思ったのだ。

「他に何か、気づいた点はあったか？」

おれが尋ねると、佐倉は「ちょっと貸せ」とプリントアウトした日記を受け取った。ざっと目を通しながら、難しげに言う。

「Kはサラリーマンかな。サラリーマンだとしたら、土日が休みじゃない職種かもしれない」

「いや、それはおれも考えたところだ。美津子とKはほとんど週末には会っていないからだろ。でもそれはむしろ、不倫の関係だったら当然なんじゃないかな。土日は妻の目があるから、気軽に出ていくわけにはいかないのかもしれないぜ」

「なるほどね。そりゃそうだな。つまり休みは普通に週末でも、水曜木曜は比較的早く仕事を終えられる職業ということか」

「どんな仕事があるだろう。ちょっと見当がつかないな」

「おれは不動産屋を考えてたんだよ。不動産屋はたいてい、水曜が休みだろ。続けて休もうとしたら、火曜か木曜にくっつけることになる。だからKというイニシャルでそういう仕事に就いている奴がいたら、決まりだろうと思っていた」

「そうか、不動産屋ね。しかしこのKという奴は、妙に金回りがよさそうだぞ。最近の不動産屋は、この不景気で音を上げているんじゃないかな」

「うん。だから違うんだろう。水曜が休みではなくて、単に仕事を早く終えられる奴だよ」

「ただのサラリーマンとしても、この金回りのよさはなかなかのものだぜ。かなりいい会社に勤めているんだろうな」

「そりゃ賛成だ。しかし、それ以上はわからない。ずいぶん慎重に、相手の身許を伏せているようだ。誰に見せる日記でもないのに、用心深いな」

「手がかりがないわけじゃない。例えば、六月二十八日の記述を見てみろよ。ホテルの食事券をもらったからって口実で、美津子を食事に誘ってるだろ。これはたぶん、仕事関係でもらったものに違いない。だとしたら、接待する側ではなくて、される側だってことがわかる」

「なるほどね。他には？」

「このKという奴と、五月十五日に家庭訪問先で会った父親というのが、同一人物だろうな。他に美津子が興味を示したような相手は、この日記の中では見つからない。つまり、五月十五日に美津子がどの家を訪問したかわかれば、それで決定的に絞り込めるんだが」

「しかし、そんなことは調べられないだろう。尋ねても教えてくれるわけがないし……。いや、あの桜井という先生だったら、教えてくれるかな」

「ああ、あの先生ね」

おれは女教師の顔を思い浮かべたが、あまり気は進まなかった。桜井は美津子が生徒の父親と不倫をしていたということは知らない。それをこちらから教えてやるのは、死んだ美津子に申し訳ないような気がした。かといって、理由も告げずに聞き出せるほど、桜井が簡単な相手とも思えない。残念ながら、この線は最後の手段と考えるしかないようだ。

「ちょっとそれはやめておこう。美津子の職場の同僚だった人に、不倫の事実を教えたくはない。それよりもむしろ、おれは興信所に頼もうかと思っているんだ。笠原と小島という人がどういう職業に就いているのか、調べさせてみる。もしできるなら、去年の八月に名古屋に出張していなかったか、も」

「興信所？　そこまでやるのか」

「ああ、素人のおれには、探偵の真似事はできない。金を払ってどうにかなるなら、少しくらいは出費も覚悟するよ」

「よっぽどの覚悟なんだな。でも、そんなに思い詰めても辛いだけじゃないか。何しろ、お前には関係のないことなんだから」

　関係なくはない。おれは死んでいる美津子を発見したのに、自分の保身を考えて警察に通報もせず逃げたのだ。せめてこれくらいのことをしなくては、瞼《まぶた》から美津子の死に顔が消えてくれない。だが、そんなことを佐倉に告げるわけにはいかなかった。

「関係なくはないんだよ。美津子はおれの――女王だったんだから」

後半は、喉の奥に飲み込んだ。だから佐倉に聞こえたとは思えない。それでも佐倉は納得したらしく、もうそのことについては何も言おうとしなかった。

8

その翌日には、電話帳で見つけた興信所に行き、笠原と小島という人物がどのような職業に就き、どういう家庭を持っているのか調べるよう依頼した。興信所の探偵は、それだけのことであれば三日もあれば充分と豪語した。その分料金は高い気がしたが、おれは何も言わずに提示された金額を呑んだ。金で済むことならば、いくらでも注《つ》ぎ込むつもりだった。

三日後に、調査結果を受け取った。探偵は短い間に、こちらの依頼どおりの仕事をしてくれた。さすがに去年の八月に何をしていたかというところまでは、すぐに割り出すことは不可能だそうだ。それでもおれにとっては、最低限必要なデータが揃ったことになる。継続して調査を依頼するかどうかは、この結果を吟味《ぎんみ》してからにしようと決めた。

興信所を出て喫茶店に入り、受け取ったばかりのレポートを広げた。まずは笠原伸吾《しんご》の調査結果に目を通す。笠原は大手商社に勤めるサラリーマンだった。

日本屈指の商社に勤めるサラリーマンならば、Kである条件はまず満たしているといえよう。年収は一千二百万円。社内でのポストは部長補佐となっていた。勤務地は、赤《あか》坂《さか》にある本社。美津子の日記によると、七月十日に青山で寿司を食べたとあるから、赤坂が勤務地というのは近からず遠からず、大いに疑惑を誘う。勤務先のデータを見る限り、笠原がKである可能性はかなり高いといえた。

笠原の家庭環境は、ごく平凡なものだった。専業主婦の妻と、息子がひとり、娘がひとり。夫婦仲は悪くなく、離婚にまで発展するような険悪な雰囲気はないそうだ。笠原が浮気をしている可能性は、この調査だけではなんとも言えないとのこと。おれもパーソナルデータを揃えることしか依頼しなかったから、この報告結果は順当なところだった。

もうひとりの人物、小島康良《やすよし》もまたサラリーマンだった。だがこちらの勤め先は、企業の格としては笠原の会社とはかなり差がある。おれはその企業の名を知らなかったが、報告書によると品川《しながわ》に本社を持つ中堅どころの自動車部品メーカーとのことだった。会社の実状は、リストラの嵐が吹き荒れていてなかなか厳しいという。年収は六百万円。社内のポストは営業課長だった。

このデータだけならば、小島がKである可能性は低い。だが小島の夫婦仲は、笠原家に比べてずっと険悪だった。報告書にもはっきりと、小島が浮気している疑いもありと書かれている。短い時間でそのようなことが嗅《か》ぎ出せるほどだから、家庭が壊れかけているのは誰の目にも明らかなことなのかもしれない。パートに出ている妻と、ひとり息子が小島の家族だった。

おれはふたつの調査結果を前にして、頭を悩ませた。この調査報告書だけでたちどころにKの正体が判明すると期待していたわけではないが、もう少し手応えがあるものと予想していたのだ。印象だけで言うなら、笠原こそがKだとは思う。だがそれはあくまで印象に過ぎず、決定的証拠は皆無に等しい。おれの目的は美津子の不倫相手を見つけることにとどまらず、最終的には殺人犯まで行き着こうとしているのだ。印象だけで判断していい問題ではなかった。

笠原、小島両名の仕事が、水曜木曜だけ早く終わるというようなことはないと、報告書には書かれている。その点でも、ふたりのうちのどちらがKであるか絞り込むことはできない。どう頭を捻ってみても、このデータだけではこれ以上推論を重ねるのは難しそうだった。もともと美津子の日記では、Kの身許を示すような記述は極力避けられていたのだから、ある意味それは当然のことなのだが。

報告書に添付されていた両名の写真が、またおれの判断を鈍らせた。小島と笠原の容貌は、データから導き出される人物像とはまったく正反対だったのだ。報告書を読む限り、笠原はやり手のエリートサラリーマンという印象を受け、小島は生活に疲れた四十男のように思える。だが実際には、小島はスーツの似合う押し出しのよい容姿の男で、笠原は腹の出た冴えない中年に過ぎなかった。あまりのイメージの落差に、おれは一瞬、興信所が写真を間違えて添付したのではないかと思ってしまった。だがあの自信たっぷりの探偵が、そのような初歩的ミスを犯すわけもない。だとしたらよけいに、判断に困ってしまうことになる。

美津子の性格は、他ならぬおれ自身が熟知している。美津子が不倫をしてまで付き合うならば、笠原のような容姿の男は絶対に選ばないはずだ。逆に小島は、いかにも美津子が好みそうな雰囲気を身にまとっている。写真だけで判定するなら、小島こそが〝クロ〟だ。

これだけでは足りない。報告書を吟味し尽くして、そう結論づけた。やはりこのふたりのより詳しい調査を、興信所に依頼する必要があるだろう。そうと決まれば、躊躇している暇はない。席を立ち、喫茶店を出た足でふたたび興信所に戻った。

おれは探偵を前にし、三日前の依頼時には話さなかった調査の目的を打ち明けた。そして、笠原か小島が美津子と付き合っていたかどうかを調べて欲しいと、改めて依頼する。だが探偵は、おれの言葉に思いがけない反応を示した。眉根を寄せて難しそうな顔をすると、しばし腕を組んで考え込んだのだ。

「……残念ですが、ご依頼に応じることは難しそうです」

三十秒ばかりの沈黙の後、探偵はおもむろに口を開いた。拒絶されるとはまったく思っていなかったので、おれは驚いて尋ね返した。

「どうしてですか。こういう調査を引き受けるのが、お宅の仕事でしょう。何か不都合があるんですか」

「浮気調査はもちろん引き受けますよ。ですが、それは現在進行中のものに限ります。

かつて浮気をしていたかどうか、そんなことをどうやって調べればいいんでしょう。過去のことなんて、ご本人たち以外には知りようがないわけですよ。まして当人のうちひとりは、もう亡くなられているという。これでは調査の手段がありません」

探偵は物わかりの悪い相手を諄々《じゅんじゅん》と説き伏せるように言った。そこを調べるのがプロだろうとおれも食い下がったものの、探偵は首を縦に振らない。これまで蓄積したノウハウに照らし合わせても、この依頼が不可能だということがわかっているのだろう。おれは失望して、興信所を後にした。

別の興信所ならば、依頼に応じてくれるだろうか。歩きながら、考え直してみた。すぐに答えははっきりする。おそらく、無理だ。たとえ引き受けるところがあったとしても、結果は芳《かんば》しくないに違いない。探偵の説明を、おれはまったく理解しなかったわけではないのだ。依頼を受けようとしなかった探偵は、この種の仕事をしている人間としては良心的な部類に入るのかもしれなかった。

どうやら打つ手が尽きたようだった。残されているのは、小島と笠原に直接会って、美津子との関係を問い詰めることくらいだ。だがそんな真似をしたところで、誰が正直に認めるだろう。仮に浮気の事実は認めたとしても、殺人は絶対に否定するに違いない。それでは、まったく意味がないのだ。

素人のすることはこの辺が限界だろうか。おれは無力感に襲われながら、納得できない自分を無理矢理抑えつけた。

9

佐倉にも興信所の調査結果を見せてはみたものの、そこから新たな推論を組み立てることはできなかった。むしろ佐倉は、この辺りで諦めてはどうかとおれに勧める。おれとしては諦めるなど論外だったが、といって他に打つ手はなかった。おれはゆかりとも連絡をとることができず、また記憶の底にこびりついた美津子の死に顔も消せずにいた。状況は事件が起きた日以来、何も変わっていなかった。

無為に日数だけが過ぎていった。事件直後には何度も訪ねてきた刑事も、その後二度と現れない。おれは警察の捜査がどうなっているのか知る手段もなく、平凡な日常の中に鬱屈を沈めていた。

それに気づいたのは、ちょっとした弾みのことだった。カルテを書いているときに、先週の土曜日はなぜ休みだったのかと、ふと疑問を覚えたのだ。おれは深く考えもせず、傍らにいたナースにそれを尋ねた。

「先週の土曜日は休日ですよ、先生」ベテランの看護婦は、あっさりと答える。「春分の日だったじゃないですか」

「春分の日？」おれは一瞬、何を言われたのかわからなかった。「あれ？　そうなのか。だって二十一日だろ。春分の日は二十日じゃないのか」

「いやですね」ナースは目許を綻《ほころ》ばせる。「春分の日は二十日と決まってるわけじゃないんですよ。その年によって変わるじゃないですか。ご存じなかったんですか」

「そうだったっけ？　ぜんぜん意識してなかったよ。じゃあ秋分の日もそうなのか？」

「秋分の日は違いますよ。毎年九月二十三日がお休み。もっとも先生にとっては、休日なんて関係ないのかもしれませんけどね」

「まあ、そのとおりだな」

おれは苦笑して応じる。ナースは半分呆れたような笑みを口許に刻んで、自分の仕事に戻った。

おれも眼前に広げたカルテに意識を戻そうとした。だが今の会話の何かが頭の隅に引っかかって、仕事に集中することができなかった。記憶の中のある一点が、明らかな齟《そ》齬《ご》の存在を訴えている。にもかかわらずおれは、なかなかそれに気づくことができないでいた。

10

結局、齟齬に気づいたのは帰宅してからのことだった。どうにも気になって仕方なく、改めて美津子の日記を読み直して、ようやく理解した。おれは自分の気づいたことを佐倉にも確認してもらおうと、翌日出勤するとすぐに、会いたい旨を伝えるメールを打った。

午後にアクセスすると、佐倉からのリプライが届いていた。だがその文面は素っ気なく、しばらく忙しいとしか書いてなかった。おれも同じ医者として佐倉の事情はわかるが、ほんの三十分でかまわないのだ。その程度の時間だったら、どうにかやりくりして捻出できないことはないはずだった。

メールでは埒《らち》が明かないと思い、電話もせずに直接訪ねた。幸いなことに、難しげな顔をしてカルテを読んでいる佐倉を摑まえることができた。佐倉はこちらの姿を認めると、驚いたように眉を吊り上げる。まさか直接やってくるとは思っていなかったのだろう。「よう」とこちらに頷きかけると、すぐに視線をカルテに戻した。

「忙しいとメールに書いただろう。後にしてくれないか」

「別に今じゃなくていい。仕事が終わったら、少し付き合ってくれ」

「いつ終わるかわからない。かなり遅くなると思うぞ」

「いいよ。待ってるから」

それだけ言って、自分の病棟に戻った。その後はふだんどおりの仕事をこなし、そして帰宅時刻になるとふたたび外科病棟に向かった。佐倉は押しかけてきたおれを見て、一瞬不愉快そうな表情を浮かべた。そんな素振りに、くだらないことで煩わせないでくれという内心の思いが滲んでいるのを見て取った。

「ここに坐っててもいいか。待ってるから」

部屋の隅にあった椅子を指し示すと、「ああ」と短い返事が返ってくる。その後佐倉は、おれの存在など忘れたように、机に向かって一心にペンを走らせていた。おれはただ、そんな佐倉の背中をじっと見つめた。

佐倉は仕事熱心な医者だ。人の命を救うという、単純だが最も大切な熱意を胸の底に持ち続け、患者に接している。研究心、向学心も人一倍強く、世辞でなく名医だと思う。大学時代からの付き合いであるおれには、そのことがはっきりと理解できた。

佐倉は口に出しては言わないが、現在大事なプロジェクトに携《たずさ》わっている様子なのは、朧げに推察できた。そんな中、よく何度も付き合ってくれたものだと思う。その点は素直に、彼に感謝しなければならないとおれは考えていた。佐倉は昔の知人が殺されたからでも、恋人の姉が変死したからでもなく、ただおれがこだわっているから手を貸してくれていたのだ。それは、最初からおれもわかっていた。

「すまん。待たせたな。三十分くらいなら付き合えるぞ」

唐突に佐倉は立ち上がると、おれに向かってそう言った。自分の考えに没入していたおれは、何を言われたのかすぐに理解できず、慌てて腰を浮かせた。佐倉は白衣を着たまま、顎をしゃくって外に出ようと促す。おれは言われるままに、佐倉の後についていった。

「コーヒーが飲みたい。付き合ってくれ」

佐倉はエレベーターのボタンを押しながら、おれに話しかける。この時間でコーヒーといえば、地下の自動販売機で売っている紙コップのコーヒーだろう。あまり気が進まなかったが、こちらから誘った手前、いやとは言えなかった。おれたちはやってきたエレベーターに乗り込み、地下まで下りた。

地下はすでに照明も絞り込まれ、人の気配もなく、深閑《しんかん》としていた。昼間は患者たちの休憩所として機能しているスペースにも、今は静寂だけが残っている。おれたちは互いにコーヒーを買い、そこのテーブルに落ち着いた。

「どうした？　まだ例の件にこだわっているのか」

おれが口を開く前に、佐倉の方から問いかけてくる。おれは「そうなんだ」と頷いて、プリントアウトした日記をバッグから引っぱり出した。

「ところでお前、九月二十三日がなんの日か、知ってるか」

おれは日記をテーブルの上に置き、まずそう尋ねた。こちらの唐突な質問に、佐倉は虚を衝かれたような顔をする。少し考えて、「秋分の日だろ」と答えた。

「それがどうした。心理テストかなんかか？」

「秋分の日は、もちろん休日だよな。だとしたら、ちょっとおかしなことがあるんだ」

おれは佐倉の言葉には応じず、日記の付箋を貼ってある箇所を開いた。もちろん、九月二十三日の記述である。

「見てくれよ。美津子はこの日が給料日だと書いている。でも手渡しにしろ銀行振り込みにしろ、休日が給料日というのはおかしくないか？　どんな職種でも、休日に給料は出ないだろう」

おれの言葉に、佐倉は何も答えようとしない。顔には特別な表情は浮かんでいなかった。

「美津子が何か勘違いをしたんだろうか。おれはそう考えて、全部の記述を読み直してみた。すると、他にも給料日について触れている箇所があった。五月二十二日だ」

おれはまた、付箋を付けてある箇所を開いて示した。だが佐倉は、ろくに見ようとしない。かまわず続けた。

「たぶん、美津子の給料日は二十二日なんだろう。他にもそう思われる記述はいくつかある。だとしたらどうして、九月だけは勘違いしたんだろうか。しかもこの日は、Kに食事を奢るという特別な出来事があったというのに」

「どうしてだと思うんだ？」

ようやく佐倉が問い返してきた。おれはどのように応じるべきか少し考え、結局最初に考えていたとおりの説明を続けることにした。

「ここだけじゃない。おかしなところは他にいくつも見つかったんだ。例えば五月十五日。この日は美津子がKと出会った重大な日だ。美津子はこの日、家庭訪問はあと七軒だと書いている。だが五月七日に始めた家庭訪問が、十五日にはすでに残り七軒になっているというのは、かなりハイペースだと思わないか。しかし、そうかと思えば、すべて終了したのは二十二日になっている。土日は家庭訪問をしないとして、七軒の家庭訪問をするのに正味五日かかっていることになるんだ。初日に三軒回っていることを思うと、十六日以降はまた極端にスローペースなんだよ。どういうことなんだろう」

「いろいろと都合があるんだろ」

佐倉の返事は、心なしか投げやりだった。佐倉の紙コップはいつの間にか空になっている。だがそれにも気づかず口に運び、自分の行動に舌打ちするような顔をしてテーブルに戻した。おれはそんな佐倉の仕種を、じっと見つめ続けた。

「それから、Kと美津子が再会した六月十九日。この日もおかしい。この日は雨だったと美津子は書いているが、実際はそうじゃなかったんだ。雨なんか降ってなかったよ」

「よくそんなことを憶えているな」

皮肉そうに佐倉が言う。おれはそんな佐倉の言葉を聞きたくなかった。

「六月十九日は、ゆかりの誕生日だからな。さすがにその日の天気くらい、憶えているよ」

「ああ、そうだったか。気づかなかったよ」

佐倉の言葉は、おれにとっては何もかもを認めたに等しかった。それでもおれは、すべてを語り尽くさずにはいられなかった。

「天気の点では、まだおかしいところがあった。八月二日から四日の出張の件だ。八月二日は集中豪雨があって、新幹線がストップしたんだよ。それなのに、美津子はそんなことをひと言も書いていない」

「それも憶えていたのか」

「いや、新聞社のデータベースにアクセスして、調べてみた」

「なるほどね。おれはそんなことをしている暇がなかったんだ。ここのところ、ずっと忙しかったんだよ」

「……じゃあ、日記を改竄《かいざん》したことを認めるんだな」

おれは正面から佐倉の目を見ることができなかった。手許に視線を落としたまま、恐る恐る確認する。佐倉が「そうだ」と認めることが怖かった。

だが佐倉は、もはや開き直っているようだった。こちらの内心など気にした様子もなく、「ああ」と頷く。

「日付を適当に入れ替えた。内容にまで手を入れたのは、出張のところだけだ」

「出張先は、本当は名古屋じゃなかったんだな。大阪辺りか」

「正解だ。とはいっても、簡単すぎるクイズか。京都に近くて、城があるところといったら大阪だよ」

「全体を注意深く読んでいくと、日付の記述がおかしいと思われる箇所はほとんど、水曜木曜に集中しているんだ。もちろん、美津子がKと会っている日のことだ。美津子は本当は、月曜日にKと会っていたんじゃないかとおれは思う。その証拠に、十月二十日は月曜日にふたりは会っている。この日は美津子の誕生日だったから、おれも憶えているはずと思って、動かすわけにはいかなかったんだろう。違うか」

「そのとおりだよ。そこまでわかっているなら、どうしておれがそんな細工をしたのか、その理由もわかっているんだろうな?」

「Kは小宮山先生だ。美津子は小宮山先生と不倫をしていたんだ」

おれは周囲の耳をはばかって、声を低くした。だが誰も、おれたちの会話を聞いていなかった。相変わらず地下のホールは、薄気味悪いほど静まり返っている。

「でも、わかるのはそこまでだよ。どうしてお前がその事実を隠そうとしたのか、理由まではわからない。小宮山先生が、お前の医局の先輩だから庇《かば》うんだろうが、お前が自分の保身や出世のためにそんなことをしたとはとても思えない。小宮山先生を庇って、お前になんの得があるんだ?」

「勘違いしないでくれ。おれはKが小宮山先生だなんて確信してないぜ。本人にも確かめてない。ただ、おれが日記と名簿を照らし合わせて、勝手にそう推測しただけのことだ。まして先生が山浦さんを殺したなんて、濡れ衣もいいところだ」

「じゃあ、どうして」

おれは身を乗り出した。その弾みにテーブルから紙コップが落ちたが、中身のないそれは空しく床に転がるだけだった。おれはそんなものに、なんの注意も払わなかった。

「おれたちは今、大事なプロジェクトを進行させている。乳癌の部分切除の、画期的なメソッドだ。これが学会に認められれば、今まで以上に乳癌患者の乳房は術後も原形をとどめることができる。乳癌で苦しむ何万人という人が、おれたちの研究結果如何《いかん》で救われるんだよ。そしてこのプロジェクトのリーダーは、小宮山先生なんだ。今のこの大事なときに、くだらないスキャンダルで先生を煩わせたくない。お前にとって山浦さんの死は重大かもしれないが、そんなことよりもおれたちの研究の方がずっと重要なんだよ。お前のくだらないこだわりのために、このプロジェクトを遅滞させるわけにはいかない」

「だから、おれの疑いを逸らそうとした、というわけか」

「悪いか？　おれがなんの細工もせずに日記を渡していたら、お前はどうするつもりだった？　そのまま小宮山先生に不躾《ぶしつけ》な質問をぶつけるだけだったろう。そうしたら、病院内で噂があっという間に広がっていたかもしれない。そんなことになれば、小宮山先生が頭角を現しつつあることを目障りに思う連中が、これ幸いと醜聞の火を煽り立てていたかもしれないんだ。おれは、小宮山先生をそんな目に遭わせたくなかった。おれはお前に悪いことをしたなんて、これっぽっちも思っていないよ」

「おれは、そんなに視野が狭くなっているように見えたのか？　本当のことが打ち明けられないほどに」

「お前は何様のつもりだったんだ？　名探偵か？　とんでもない。お前はただの医者なんだよ。医者が殺人犯なんて追いかけて、どうなるもんでもない。青臭い名探偵気取りも、いい加減にして欲しいな」

佐倉は腕時計に視線を落とすと、「もう時間だ」と言って立ち上がった。そのまま、何も言葉を残さず、エレベーターの中に消えていく。おれは床に転がった紙コップに気を取られ、いつまでも顔を上げられなかった。

美津子——おれの女王様。おれは結局、お前の呪縛から逃れることができないようだ。ゆかりとの仲も、遠からず壊れることだろう。それでもおれは、すでに死んでしまったお前の幻影を追い求めて、生きていかなければならないのだろうか。お願いだ、もうおれを解放してくれ。

おれは心からそう望んだが、脳裏に残る美津子の死に顔は何も答えてくれなかった。空っぽの紙コップは、二度と役立てられることなく床に放置されている。それを拾う者は、ひとりとして存在しなかった。

Scene4

感情の虚飾

1

葬式日和、などという言葉があるとも思えないが、まさにそう形容したくなる、どんよりと重苦しい曇り空だった。

はっきりしない天気は、私の心をそのまま反映しているかのようだった。葬儀場に辿り着くまで、いや辿り着いてからも、私はまだためらう気持ちを捨てきれないでいた。いっそこのまま引き返そうと、何度思ったことか。それでも踵《きびす》を返せず、見えない何かに急《せ》き立てられるように葬儀場までやってきたのは、胸の中で故人への憐れみが強かったからだ。若くして死ななければならなかった美津子に、私は哀惜の念を覚えずにはいられなかった。

都営の葬儀場では、いくつもの葬儀が同時に行われていた。だが私は、一歩足を踏み入れただけで、美津子の葬儀が行われている場所をすぐに見分けることができた。それほどに、美津子の葬儀は他と違った雰囲気だった。それはそうだろう。天寿を全うして亡くなった老人と、無惨にも暴力によって命を絶ち切られた若者とでは、自《おの》ずから死にまつわる悲痛さも違ってくる。美津子の葬儀に参列している弔問客だけが、どこか割り切れない表情を浮かべているのも、ごく当然のことだった。

弔問客の中に見知った顔があるのではないかと心配したが、幸い知り合いはいなかった。もちろん、ここで出会ったところで、何も不都合はない。息子の担任だった先生の葬儀に参列する父母として、堂々としていればいいだけのことだ。

だが私は、妻には内緒でここに来ていた。ここで誰かに目撃され、それが妻の耳に入るのは困る。言い訳は不可能ではないが、かなり難しい立場に立たされるだろう。知人に会わないに越したことはないのだった。

おそらく学校の先生は来ているはずだが、ほとんど保護者会にも出たことがない私にはわからなかった。誰が先生なのか、捜す気もない。私は弔問の列に並び、焼香の順番が回ってくるのをじっと待った。

列の左手に、香典を受けつける机があった。私は内ポケットから香典袋を取り出し、差し出した。受けつけた中年の女性は、無言のまま頭を下げる。私もまた、わずかに低頭することで応えた。

香典袋には、十万円を入れた。香典にしては破格に多い額だということは、承知している。それでも私は、そうしなければ気が済まなかった。いや、香典に十万円を包んだところで、気が済むわけもない。それは自分でもわかっているのだ。わかっていても、何もしないよりはましだった。

香典袋に自分の名前を書くわけにはいかなかった。しばし迷った挙げ句、私は「ＰＴＡ」とだけ書いておいた。かえって不自然な印象を与えるかもしれないとは思ったが、無記名というわけにもいかない。

そして私は、そんな細かいことで思い煩わなければならない自分に、強い嫌悪を覚える。保身に汲々《きゅうきゅう》としながらも、こんなところまで足を運んでしまう自分の未練を嗤《わら》う。それでもいっこう、己の行動に後悔など覚えないのだから、度しがたいと言わねばなるまい。

焼香の順番は、二分ほどで回ってきた。美津子のただひとりの遺族である妹にお辞儀をし、焼香台の前に立つ。正面に掲げられた遺影は、微笑みながら振り向いた瞬間の美津子を捉えていた。そんな潑剌《はつらつ》とした表情を見ると、あの美津子ともう二度と会えないという現実がまたのしかかってきて、私を愕然とさせる。頭では美津子の死を理解しても、心はまだ受け入れようとしていないのだ。なぜだ。なぜ美津子が死ななければならないのか。理不尽な現実を前にして、まるで子供のように問い続ける私がいた。身も世もなく泣き叫べば美津子が帰ってくるのなら、今すぐにでもそうしたかった。だが絶対にそんなことはしないだろう自分の分別、良識が、今は疎《うと》ましくてならない。私の分別は、あくまで内心の動揺を押し殺し、表面上は平静でいることを強いた。私はただ手を合わせ、そして焼香台の前を去った。

出棺まで待つ気はなかった。冷たくなった美津子の顔を見て、それでも動揺しないでいられる自信はない。私は自分の未練を断ち切るためにも、早々に葬儀場を後にするつもりだった。

列の横を抜け、葬儀場の中庭に出たときのことだった。ふと視線を感じ、そちらに顔を向けた。すると、驚くほど端整な顔をした男が、こちらを見ていた。私と目が合っても、自分から逸らそうとはしない。まるで私の人となりを見透かすように、じっとこちらに意味ありげな視線を注いでくる。私は相手の顔に見憶えがなかったので、その不躾《ぶしつけ》な態度に戸惑った。それでも、近寄ってなんの用かと尋ねる勇気もなかった。

目が合っていたのは、ほんの十秒ほどのことだったろう。だが私はそれを十分にも二十分にも感じ、強い疲労を覚えた。私はなぜか疚《やま》しい思いで目を逸らし、その場を後にした。今は一刻も早く、この葬儀場から遠ざかりたかった。

2

初めて美津子と出会ったのは、彼女が息子の担任教師として家庭訪問にやってきたときのことだった。たまたま仕事が休みだった私は、知らん顔をしているわけにもいかないので、妻の初恵《はつえ》と一緒に応対した。そのときの私は、美津子に対して特別な興味はまったく覚えなかった。はきはきとした、元気のいい先生だなという印象を持ったに過ぎず、それ以上でも以下でもなかった。私は親として、眼前の女性が息子を預けるに足るかどうかという尺度でしか美津子を見なかったのだ。

それがなぜ、抜き差しならない関係になってしまったのか、自分でも判然としない。今振り返ってこじつけるなら、おそらく再会したあの瞬間の、横顔がひどく寂しそうに見えたからだろう。中年の男が抱く感慨としてはあまりにセンチメンタルだが、しかしあのときの美津子は、本当に声をかけずにはいられないほど孤独に見えたのだ。そして美津子を喪《うしな》った現在、私が彼女の孤独を癒《いや》せたという自信は残っていない。私の胸には、妻や息子への後ろめたさと、大事なものを失った後の索漠《さくばく》とした思いが残っているだけだった。これが、四十を過ぎて若い女に狂った男が支払うべき、多くの代償の一部なのだろう。

美津子と再会したのは、梅雨の冷たい雨が音もなく落ちてくる夕方のことだった。私はたまたま時間が空いたのを幸い、以前から欲しいと思っていた新しいたばこケースを探すために、渋谷のデパートに入った。化粧品売場と並んでいるたばこ売場でいくつかの商品を見てみたが、残念ながら求めるようなシンプルなデザインのケースはなかった。いささかがっかりして、デパートを後にしようとした。出口に向かうために化粧品売場を横切り、そしてそのとき、見憶えのある顔を見つけた。

眼前の女性が誰なのか、すぐに思い出したわけではない。私は見憶えのある横顔に、不躾な視線をしばし注ぎ続けた。白磁のように整った顔立ちに、衝撃すら受けていた。ふだんの私なら、いかに綺麗な人であろうと、立ち止まってじっと見つめ続けるような不作法な真似はしない。思えばあのときから、私と美津子の運命が交錯することは決定していたのかもしれなかった。

美津子は自分に向けられる視線に気づき、顔を振り向けた。その頃には私も、ようやく女性の素性に思い至っていた。私は頭を下げて近づき、話しかけた。

『先日は、わざわざお越しいただきまして、ありがとうございました』

『ああ、小宮山君のお父さん。こちらこそ、お休みのところをお邪魔して、失礼しました』

美津子はそう応じて、にっこりと微笑んだ。私はその瞬間、一秒でも長く彼女の笑みを見ていたいという欲求に貫かれた。それはまったく予期せぬ感情で、ほとんど雷撃にも似ていた。挨拶程度で立ち去りたくない。とっさにそう考え、いじましい知恵を巡らせ始めた。中年男の純情と笑われることは承知している。しかし、それがそのときの偽らざる心境だったのだ。

『今日はお買い物ですか』

デパートにいるのだから、そんなことは尋ねずともわかりきっていた。だが私は、どんな切り出し方でもいいから話の端緒を摑み、できるだけ長く言葉を交わしたいと望んだ。美津子はたわいもない私の言葉に、快く応じてくれた。

『ええ。学校の帰りにデパートに寄るくらいしか、楽しみがないものですから』

『学校の先生も大変ですね。さぞストレスが溜まることだろうと思いますよ。もっとも、うちの息子も先生にストレスをかけている原因のひとりでしょうが』

『小宮山君は何も問題を起こしたりしない、いい子ですよ。どうぞご心配なく』

家庭訪問のときは態度が硬かった美津子も、教師としての任を離れたためか、思いがけなく気さくだった。私はそれに勇気を得、息子のことにかこつけてしばらく会話を続け、そして立ち話もなんだからと喫茶店に誘った。彼女はなんらためらうことなく、あっさりと誘いに応えた。そうして私たちは、ＰＴＡと教師という関係から、一歩を踏み出したのだった。

私は昔から、女性に関しては勘がいい方だった。ふた言三言言葉を交わすだけで、相性の善《よ》し悪しを見抜くことができた。そしてその私の勘は、美津子への積極的な態度の原動力となった。一時間ほど一緒にお茶を飲んだだけだが、今回もまた自分の勘が外れなかったことを私は知った。

次の週には、患者からもらったホテルのディナー券を口実に、美津子を誘い出した。断られないだろうという、謂《い》われのない確信があった。現に美津子は、ためらうどころか誘いを喜んでくれた。待ち合わせの場所に決めたホテルのラウンジに現れた美津子は、小学校教師という窮屈な衣装を脱ぎ捨て、艶《あで》やかですらあった。ダークブルーのワンピースに身を包んだ美津子を、私は感嘆する思いを抑えきれずに迎えた。

気が合うだろうという予想は当たったものの、美津子は私が思っているような女性ではなかった。堅すぎず、かといって軽薄にはならず、適度に抑制があり、適度に奔放だった。酒に強く、快活で、気持ちいいほどのピッチで赤ワインを飲んだ。それを舞台演劇に譬《たと》えるなら、彼女は明らかに主役で、私は脇役、いや観客に過ぎなかった。私は彼女と一緒に食事を摂り、たわいないお喋りに耳を傾けているだけで充分に満足だった。

それは、妻も含むあらゆる女性に対して、かつて一度も覚えたことのない感情だった。

美津子のお喋りは、手綱を解き放たれた駿馬《しゅんめ》のようにあちこちに飛んだ。音楽や絵画鑑賞など趣味の話かと思えば、若い女性らしくファッションや食事の話になる。そしてそこから派生していきなり哲学を論じたかと思えば、なぜか医学用語にも精通していたりする。私にとってそれは、目まぐるしく姿を変える万華鏡か、あるいは様々な色の光を乱舞させるプリズムのようだった。話をすればするほど、私の目に彼女は謎めいて映じた。

結局今に至るまで、私は美津子を知り得たとは思えない。彼女は時に優しく、時に傲慢で、時に豊かな知性を披露し、時に我が儘だった。大袈裟に言えば、美津子は会うたびに別人のようだった。私はそのたびごとの驚きを味わいたくて、何度も美津子と会っていたようなものだった。

私は自分の家庭に不満を持っていたわけではない。妻を大事に思う気持ちは依然強かったし、息子の存在が自分を支えてくれているとも思っている。それでも私は、どうしても美津子が欲しくてならなかった。言い訳するなら、私は結婚以来、妻以外の女性にそのような感情を覚えたことはなかった。あくまで美津子は特別だった。一度芽生えてしまった欲望は、あらゆる躊躇や自制を押し切って、私を突っ走らせたのだった。

私は卑怯だった。美津子の気を惹くために、感じてもいない妻への不平を並べ立てた。美津子家庭に疲れた男を演じ、そして家庭以外に安らぎを求めているのだと匂わせた。美津子は見え透いた演技に気づかなかったのか、それともわかっていて何もかも受け止めてくれたのか、心を開いてくれた。私にとって、美津子と親しく接した半年余りは、まさしく至福の時だった。

今、思いがけない形で美津子を喪い、私はただ呆然としている。いつか別れが来るとしても、まさかこのような唐突で乱暴な形でそれが訪れようとは想像もしていなかった。誰が美津子を殺したのか。誰が、私から甘美な時を奪ったのか。私はそいつを思い切り打ち据え、そして泣きたかった。私がどれだけ美津子を大事に思っていたか、あらゆる手段を使ってそいつに教えてやりたかった。だが私には、社会的地位がある。決して壊してはならない家庭がある。そのふたつがある限り、馬鹿な真似はしないだろう。

そんな自分を、私は強く嫌悪する。

3

美津子の葬儀に行った翌日、私は勤め先の病院で思いがけない電話を受けた。いや、思いがけないというのは正確ではない。美津子が殺されたと知ったときから、私は彼らが訪ねてくることを覚悟していた。だがそれは、もう少し先のことであろうと予想していた。私は彼らの動きの早さに驚き、意外に思ったのだった。彼ら警察の動きは、素人が考えるよりもずっと迅速だった。

「小宮山さんですね」

電話の相手の声は、想像していた刑事の物腰よりも、ずっと穏やかだった。まずこちらの都合を尋ね、そして電話をしていてもかまわないことを確認してから、おもむろに用件を切り出した。

「実は、山浦美津子さんが亡くなられたことで、少々お話を伺わせていただきたいのですが、よろしいでしょうか」

刑事は、山浦美津子という女性を知っているか、と確認することすらしなかった。つまり、先方はとっくに、私と美津子の関係を洗い出しているのだ。ならば、私の方も白を切るだけ無駄だろう。かまわない、と答えるしかなかった。

「こちらから病院をお訪ねしてもかまわないのですが、周囲の目もありましょう。どこか都合のいい場所を指定していただければ、そちらでお目にかかりたいと思いますが、いかがですか」

刑事の聞き込みなど、もっと一方的で高圧的なものだと思っていた。思いがけず低姿勢に出られ、少し戸惑った。だが、刑事の提案はもっけの幸いである。私はこの期に及んで、保身ばかりを考えていた。

なるべく病院から離れた、知り合いとはまず出くわしそうにない喫茶店を指定した。いつもならばついつい長引いてしまう仕事を早めに切り上げ、病院を後にする。指定の喫茶店に着いたのは、約束した時刻である十時まであと数秒というときだった。

店内に飛び込むと、すぐに手を挙げてこちらの注意を惹いた人物がいた。私は近寄っていこうとし、次の瞬間愕然とした。手を挙げた男性に、つい先日会ったばかりであることに気づいたのだ。

葬儀場で観察するような視線を私に向けていた男。彼が、電話をかけてきた刑事だった。

刑事の顔は、どこか現実離れしているほど整っていた。突出して人目を惹く容貌と、刑事という職業があまりにも似つかわしくない。私は自分が騙されたような気がして、しばしその場に立ち尽くしていた。

なかなか動こうとしない私に痺《しび》れを切らしたのか、刑事は腰を上げて手招いた。隣に坐っている仏頂面の中年男は、なるほどこちらは刑事だろうと思わせる厳《いか》つい顔をしている。仏頂面は鋭い視線を私に向けるだけで、立ち上がろうとはしなかった。

「すみません。遅くなりまして」

ようやく私は彼らのテーブルに近づき、頭を下げた。顔立ちの整った男は、改めて「小宮山さんですね」と確認してくる。私たちは互いに名刺交換をして、席に着いた。

名刺によれば、整った顔立ちの若い刑事が仁科《にしな》、仏頂面の中年男が太田《おおた》という名前だった。ふたりの刑事はともに、私の心の中まで探るような、なんとも言えぬ特殊な目つきをしている。居心地が悪く、出された水を何度も忙しなく口に運んだ。

「お忙しいところ、どうもご足労をかけます」

仁科は、あくまで慇懃《いんぎん》な口調を崩さなかった。太田の方は、まったく口を開こうとしない。質問をするのは仁科の役割と決まっているようだった。

「いえ、こちらこそお気遣いいただきまして、ありがとうございます」

私としては、そのように答えるしかなかった。いきなり病院に来られ、不倫について問い質されていたなら、どのような波紋を呼んでいたことか。想像すらしたくなかった。

「さっそくですが、いくつか質問をさせていただきます。山浦美津子さんとのお付き合いは、いつ頃からのことですか」

仁科は丁寧な物腰ながら、質問は単刀直入だった。だが、私にとってはその方がいい。尋ねられることすべてに、正直に答えるつもりだった。

「昨年の七月からです。山浦さんは息子の担任をしてくれていまして、その縁で知り合いました」

「ええ、そのようですね」

仁科はあっさりと頷き、横で太田も首を縦に振る。それを見て、彼らがそんなことはすでに調べ済みであることがわかった。私が嘘をつかないか、試すための質問だったのだ。

「小宮山さんは、山浦さんが亡くなられたと聞いて、どう思われましたか。驚きましたか」

仁科の表情は、見ようによっては微笑んでいるようでもあった。仏像が口許に刻む、あるかなきかの微笑に似ている。私は恐れる必要などないのに、そんな仁科の表情を不気味に思った。

「それは驚きました。山浦さんが殺されるなんて、想像すらしていなかったので」

「つまり、犯人には心当たりがないということですか」

「ええ、まったく」

それは隠し事のない本音だった。いったい誰が美津子を殺したのか、私には見当すらつかない。美津子の交際関係を知らないのだから、それも当然のことだが。

美津子はほとんど、学校での出来事を語ろうとしなかった。真司の担任であることを、私に思い出させたくなかったのだろう。勢い、私は美津子の私生活には疎いままだった。美津子もまた、こちらの家庭については触れようとしなかったから、不倫の関係ではそれが普通なのかもしれないが。

「では、小宮山さんたちの関係をご存じの方はいらっしゃいますか。例えば同僚の方とか、あるいは山浦さんのお友達とか」

「さあ」私は首を傾げる。「少なくとも私は、誰にも話したことはありません。山浦さんの方も、友人に話しているとは思えませんが」

それがどうしたというのだろうか。私は疑問に感じる。警察は私たちの関係が事件を引き起こしたと考えているのか。だとしたら、それはあまりに的外れだ。私と美津子は、誰にも迷惑をかけないように付き合ってきた。そのことで恨まれたり、殺されるほど憎まれたりするわけがなかった。

「奥さんが感づいているような気配もなかったんですね」

仁科は、思いがけないことを問いかけてくる。私は一瞬絶句し、すぐに否定した。

「それは、ないと確信しています。妻は山浦さんのことは何も知らない。もし知っていたら、黙っているわけがないですから」

「いくらばれていないと思っても、女房は男が思うよりずっと勘が鋭いものですよ」

それまで黙っていた太田が、初めて口を開いた。その口調には心なしか、怒りが混じっているように感じられる。おそらく、家庭を持ちながら若い女と付き合っている軽薄な男への嫌悪が、言葉を刺々《とげとげ》しくさせているのだろう。私は何も言い返せなかった。

「まあ、それはいいでしょう。奥さんがご存じかどうかは、それが事件に関係しているのなら追い追いに明らかになることですから」

すぐには、仁科の言葉の意味がわからなかった。しばらくして、刑事の示唆していることに思い至る。仁科は、初恵が嫉妬に駆られて犯行に及んだ場合を想定しているのだ。

まさか、そんなことがあるだろうか。私は刑事たちと相対していることもしばし忘れ、その可能性について考えた。あの初恵が、たとえどんなに怒り狂ったとしても、果たして殺人になど手を染めるだろうか。

初恵は若いときから、精神のバランスがとれた女だった。怒ったり泣いたりすることがないわけではないが、それはひどく珍しい。ネガティブな感情をいつまでも持ち続けていられるような性格ではなく、たとえ辛いことがあったとしても、ひと晩経てばそれを忘れてしまう。そしていつの間にか、大した意気込みもなく眼前の障害を飛び越えているのだ。私は初恵の朗らかな性格に、何度救われたことか知れない。初恵に限って、嫉妬のあまり人を殺したりするわけがなかった。

「それよりも、小宮山さんご自身のことをお伺いしましょう。山浦美津子さんが亡くなられた三月十四日の夜、小宮山さんはどちらにおられましたか」

「アリバイはあるか、ということですか」

刑事たちにしてみれば、アリバイを尋ねるのは至極当然のことだろう。だが私は、今頃になって自分が疑われていることに気づき、すっと血の気が引く思いを味わった。なぜ私が疑われなければならないのか。その理不尽さに抗議したい気持ちが湧いたが、しかし客観的には、私ほど怪しい人物もいないことはわかっていた。殺人の動機など、怨恨か痴情の縺《もつ》れが大半なのだろう。だとしたら、私はさしずめ第一容疑者といったところか。

「あの夜は、自宅におりました。仕事が早く終わったもので」

「それを証明してくださる方は、奥さんというわけですね」

「そうですね。特に電話もありませんでしたから」

おそらく、家族の証言では信憑性《しんぴょう》に欠けると言いたいのではないか。だが、こればかりはどうしようもなかった。嘘のアリバイを申告するわけにもいかない。

刑事たちは、初恵に私のアリバイを確かめるだろうか。しかしそんなことをされては、なぜ刑事が私のアリバイを気にするのかと説明しなければならなくなる。それを取り繕うすべなど、簡単には見つかりそうにない。いまさらながら、自分の行動の愚かしさを痛感した。こうして私は、どんどん自分の首を絞めていくのだ。

「午後十時から十一時の間は、奥さんとご一緒でしたか。それともおひとりでしたか」

「自室にいました。ふだんはたいてい、書斎に籠って本を読んだりしているのです」

「なるほど。では、奥さんの目を盗んで外出しようと思えば、できたわけですね。小宮山さんの書斎の窓は、確か道路に面していましたよね」

どうしてそんなことを知っているのだ。思わずまじまじと仁科の顔を見つめた。仁科は自分の言葉が与えた効果などまったく気にしていない涼しい顔で、こちらの返事を待っている。私はその視線に気圧されて、そのとおりだと認めた。

刑事たちはすでに、私の自宅まで行ってきたのだろう。もしかしたら、妻にも聞き込みをしているかもしれない。せめて、私の家庭を壊すようなことは口にしていないようにと願ったが、それが虫のいい望みであることは充分に承知していた。妻のため、真司のためと言い繕ったところで、私が卑怯者であることに変わりはない。

その後も刑事たちは、根掘り葉掘り私と美津子の関係について問い続けた。私は憶えている限り詳細に、その質問に答えた。私の態度が彼らを満足させたかどうかは、表面上からは何も窺い知れない。三十分ほどで解放された後も、自分が依然疑われているのか、容疑が晴れたのか、判然としなかった。

4

帰宅するのが怖かったが、現実から逃避するわけにもいかなかった。私は重い足取りで、家までの道を歩いた。帰り着き、玄関の呼び鈴を押すときには、かつて一度も感じたことのないような躊躇を覚えた。だが私には、帰る場所はここしかない。断崖に飛び込むほどの決意を持って、呼び鈴を押した。

「お帰りなさい」

鍵を開ける音がして、すぐに初恵が顔を出す。その表情はふだんと変わらず、妻が何も知らないことを物語っていた。私は安堵すると同時に、強烈な罪悪感を覚える。

「ああ、ただいま」

鞄を渡し、靴を脱いだ。そのままリビングまで進み、ソファに腰を下ろす。これが、いつもの私の日課だったのだ。今日に限ってそれを崩すことはできなかった。

「お疲れ様でした」

初恵はそう声をかけて、キッチンに姿を消した。一分ほどで、日本茶を淹れて運んでくる。私がそうして欲しいと望んだわけではないのに、妻は結婚当初からこうしたまめまめしさを発揮し続けていた。初恵は、望む限り最高の妻だ。それは、よくわかっていた。

日本茶を飲みながら、その日の夕刊を読む振りをする。実際には、活字などいっこうに頭に入ってこないのだが、空《むな》しい演技を続けた。

「山浦先生が殺された話なんだけどさ」

正面に腰を下ろした初恵が、話をしたくてたまらなかったといった口振りでそう切り出した。私は顔を上げず、「ああ」と気のない返事をする。

「何か、新しいことはわかったか」

内心では心臓が飛び出しかねないほど緊張しているのに、あくまで口調は平静だった。私は自分の演技力を卑しいと思う。

「びっくりしたのよ。やっぱり先生は、通り魔や強盗に殺されたわけじゃなさそうだわ。先生は睡眠薬を服《の》まされてたんだって」

「睡眠薬？」

思いがけない単語を持ち出され、顔を上げた。もはや演技をする必要はなかった。

「そうそう。先生の部屋には、封を切ったばかりのようなチョコレートがあったんだって。その辺のスーパーで売ってる安いチョコじゃなくって、ゴディバの箱入り。六つ入りのうち、ふたつだけなくなってたんだけど、残りの四つにはどれも睡眠薬が混入されてたんだってよ。先生の胃からも、やっぱり睡眠薬は検出されたそうだわ」

母親たちの横の繋がりは、私のような男親が思うよりもずっと密接で、広範囲だ。こうした情報をいち早く仕入れていても、なんの不思議もない。初恵が事件の詳細を知っていることよりも、語られる事実の方に驚かされた。

「じゃあ、何者かが先生を眠らせて、頭を殴って殺したというのか」

「そういうことになるわよね。しかもね、そのチョコレートを山浦先生にプレゼントした人がいるんだけど、どうもそれが一組の担任の南条先生らしいのよ」

「南条?」

知らない名前だったので、私は首を傾げる。美津子からそのような名を聞いたことはなかった。

「うん。筋肉質の、かっこいい先生よ。たぶん、ホワイトデーのプレゼントだったんじゃないかしら」

「つまり、その南条という先生が犯人なのか」

刑事はそんなことを仄めかしもしなかった。そんな怪しい人物がいるのなら、なぜ刑事は私と美津子の関係を知りたがったのだろう。

「それがそうじゃないらしいわ。少なくとも、南条先生は認めてないって」

「そりゃ、そうだろう。私がやりましたと、あっさり認めるわけがない」

「もちろん、そうなんだけどね。南条先生はチョコを送ったこと自体は認めているのよ。でも、その中に睡眠薬を入れたりはしていないって」

「じゃあ、誰が入れたんだ」

「犯人でしょうね。誰だか知らないけど」

「よくわからない話だな」

南条という男がチョコを送ったことを認めているのなら、イコール睡眠薬を入れたのも南条自身ということになりはしないか。どういう手段で美津子に渡したのか知らないが、第三者が介在する余地はあったのだろうか。当然警察も調べていることだろうが、私にはその点が気になってならなかった。

「もし本当に、先生同士のプレゼントのやり取りでそんなことが起きたのなら、学校としては大変な不祥事じゃないか。どう釈明するつもりなんだろう」

私は自分のことを棚に上げ、学校に対して腹を立てている振りをした。初恵は頷いて、続ける。

「そうなのよ。それで明日、緊急の保護者会が開かれることになったの。校長先生が父母たちに事件のことを説明してくれるらしいわ。あたし、行って詳しいことを聞いてくる」

「明日か。何時だ」

「夜よ。八時からだって。母親だけじゃなく、父親も参加できるようにしたんでしょう」

「八時だったら出られるな。よし、おれも行こう」

「えっ、あなたも？」

私の言葉が意外だったように、初恵は問い返す。これまで真司の教育のことはほとんど妻任せにしていたのだから、初恵の反応も当然だった。

「気になるからな。このままじゃ不安で、真司を学校に行かせられない」

「あなたも来てくれるなら、ありがたいわ。他の家では、ほとんどお父さんも来るみたいだから。でも、なんか信じられない。あたしたちの周囲でこんなことが起きるなんて」初恵は眉を顰《ひそ》め、自分の胸を抱くように腕を組む。「先生の事件とは別に、やっぱり強盗もいるらしいのよ。何軒か被害が出ているって聞いたわ。物騒で怖いから、あなたもなるべく早く帰ってきて。仕事が忙しいのはわかってるけど」

「ああ、そうしよう。できるだけ早く帰れるようにするよ」

私は本気でそう約束した。そんなことくらいしか、妻にしてやれることはなかった。

5

翌日の緊急保護者会は、真司のいる二組の父母だけが呼ばれたにもかかわらず、大勢の人が集まった。教室にある椅子だけでは足りず、慌てて体育館からパイプ椅子を持ってきたほどだ。結局そのパイプ椅子を広げる場所もないので、机を廊下に出して急場を凌《しの》いだ。各児童の親が、それぞれ両親揃って出席したせいだった。

不安な表情を隠さない父母たちの前には、暑くもないのに汗をかいた校長と教頭が立った。ふたりはひたすら頭を下げ、すぐに臨時教員を探すので子供たちの授業に差し支えはないこと、山浦先生はあくまで私的に事件に巻き込まれたので学校としては何もコメントできないこと、そしてマスコミが取材に来ても不用意なことは喋らないで欲しいことなどを、幾度も言葉を換えて繰り返した。その、あまりに愚直な繰り返しを聞いているうちに、我慢も限界に達した。私たちも含む父母は皆、学校側の釈明が聞きたいのではなく、事件の詳細を知りたくてここに来ているのだ。これ以上、責任逃れの弁を聞くのには耐えられなかった。

「事件が学校とは無関係と校長先生はおっしゃいますが、それは本当なんですか。噂では、一組の南条先生が事件に関係しているとのことですが」

手を挙げて強引に校長の言葉を遮り、直截に尋ねた。すると、校長ののらりくらりとした応対にその場のほとんどの人が痺れを切らしていたらしく、多くの無言の賛同が得られた。校長は目を白黒させ、額の汗を拭った。

「そ、そのような噂があることは聞いていますが、噂はあくまで噂ですので、そんなことに惑わされないでいただきたいと当方ではお願いするだけですが……」

「しかし、山浦先生にチョコレートを送ったことは、南条先生ご自身が認めておられるそうじゃないですか。それもただの噂に過ぎず、事実とは違うんですか?」

「ですから、それはあくまで私的なことでして、学校としては関知しうる範囲を逸脱しているものですから……」

「お間違えいただきたくないのですが、我々は何も学校を糾弾するために集まっているのではないのですよ。事件についての詳しいことが知りたくて、こうして足を運んでいるのです。校長先生は、南条先生からお話を伺っていないんですか」

「いや、ですからそう性急にお尋ねいただいても……」

「南条先生から話を聞いてないんですか、聞いてるんですか。どっちなんですか」

黙っていられなくなったらしく、他の父親も発言した。「答えてください」という声が、いくつも上がる。校長は狼狽していることがありありとわかる仕種で、父母と教頭の間に視線を泳がせた。教頭は、ほとんど諦め顔になっている。

「南条先生は、バレンタインデーに山浦先生からいただいたチョコレートのお返しで、やはりチョコレートをプレゼントしたと聞いています。山浦先生が南条先生に差し上げたチョコレートは、いわゆる義理チョコでして、特別な意味はなかったそうです。現に、チョコをもらったのは南条先生だけではありませんでした。もちろん、南条先生の方も特別な意味を込めてチョコを送ったわけではないとのことです」

つっかえつっかえ、校長はそう説明した。それを聞き、密かに安堵する。私は美津子からチョコなどもらっていなかったからだ。

「では、南条先生が山浦先生にチョコレートを送ったことは事実なんですね。噂では、そのチョコレートに睡眠薬が入っていたと聞きますが」

もはや私が発言せずとも、他の父母が率先して質問の声を上げてくれた。私は口を噤《つぐ》み、初恵とともに成り行きを見守ることにした。

「南条先生は、睡眠薬のことなど知らないとおっしゃっています」

しどろもどろだった校長だが、それだけはきっぱりと答えた。もし南条が睡眠薬を仕込んだのだとしたら、自分にも責任問題が波及することをよく心得ているのだろう。横に立っている教頭も、そのとおりだと大きく頷いた。

「その言葉を、校長先生は鵜呑みにするんですか」

「もちろん、私は南条先生を信じております」

「信じる信じないではなく、私たちは事実を知りたいんです。南条先生がチョコレートに睡眠薬を入れたのでなければ、いったい誰が入れたのでしょうか」

「それは、私どもではわかりかねます。今後の警察の捜査に期待するしかないですね」

父母たちは、代わる代わる質問を発した。それに対し校長は、どうにかこうにか受け答えしている。のらりくらりとしているだけに、どんなに押しても手応えがない。こうした問答をするには、意外に手強い相手なのかもしれなかった。これでは埒《らち》が明かないと思ったか、父母のひとりが思い切ったことを言う。

「南条先生と直接お話をしたいのですが、そうした場を設けてはもらえませんでしょうか」

それはいい、と賛同する声が続けて口々に上がった。校長は助けを求めるようにふたたび教頭と顔を見合わせ、「少々お待ちください」と言っていったん教室を出た。校長たちが姿を消すと、とたんにざわざわとした小声の私語が飛び交う。初恵も私の袖を引っ張り、顔を近づけてきた。

「すごいわね。びっくりしちゃった。あなたが率先して発言するとは思わなかったわ」

「ああ。ちょっともどかしくなってね。つい、口を挟んでしまった」

感心されても、恥じ入りたくなるだけだった。私が質問せずにはいられなかった理由を、この場にいる誰ひとりとして知らない。私はあくまで、父母のひとりとして振る舞わねばならなかった。

やがて、校長たちが戻ってきた。校長は黒板の前に立つと、何も言われないうちにとばかりにせかせかと言葉を発した。

「皆さんを南条先生とお引き合わせするわけにはいきません。ご了承ください」

その返答には、当然のことながら不平の声が上がったが、校長たちは耳を貸そうとはしなかった。保護者会はそのまま、収拾がつかぬうちに終了した。

6

結局何がわかったというわけでもなく、私たちはただ不満を抱えて帰宅せざるを得なかった。教室を出るときから、初恵は近所に住む村瀬さんと不平を口にし合い、意気投合している。私はといえば、先を行く妻たちの後ろを、村瀬さんの旦那さんとともに無言で歩くだけだった。

村瀬さんの奥さんは、近所でも評判のお喋りな人だ。事情通でもあり、我が家にもたらされた情報のほとんどが、村瀬さんを情報源としているらしい。今もやはり一方的に奥さんが喋り、初恵が相槌を打っている状態だった。旦那さんは、そんな奥さんのお喋りが恥ずかしいのか、私の横で苦笑している。

「あんなのらりくらりとした応対で、あたしたちが納得するとでも思っているのかしらね、まったく」

先ほどから奥さんは、憤懣《ふんまん》やるかたないといった様子で同じことを繰り返している。保護者会が始まる前は、誰もが皆不安を抱えていたことだろうが、今は一転して学校への不満が募っている。こんなことなら学校は、保護者会などやらない方がよかったのではないだろうか。私も、ただ時間を無駄にしてしまったようで、不愉快だった。

「どうして南条先生がプレゼントしたチョコに、睡眠薬なんて入ってたのかしら。村瀬さん、何も聞いてないの？」

初恵はそう言って水を向ける。だがさすがの事情通も、事件の核心に迫る情報は仕入れていないようだった。

「聞いてないわ。警察だってまだわかってないみたいよ。でもさ、南条先生が何も知らないなんて、おかしな話だと思わない？　南条先生は本当のことを言っているのかしら」

「もし南条先生が睡眠薬を入れたのだとしたら、どうしてそんなことをしなければならなかったのかしらね。山浦先生を憎んでた、ってこと？」

「そこも不思議なのよね。南条先生は山浦先生を憎むどころか、けっこう好きだったみたいだから」

「えっ？　南条先生って三組の桜井先生と付き合ってるんじゃなかった？」

「それはもう昔の話よ。今は別れちゃってるんだって。知らなかったの？」

「知らないわよ、そんなこと。つまり、南条先生は山浦先生に乗り換えようとしてたってこと？」

「どうもそうらしいわよ。山浦先生の方でどう思っていたのかはわからないけど」

後ろで妻たちのやり取りを聞いていて、私は密かに驚いた。美津子の同僚に、そのような男がいたとは知らなかった。美津子が何も言わなかったところからすると、おそらく彼女の方ではまったく意識していなかったのだろう。しかし、だからといってふたりの間に何もなかったとは言い切れない。現に南条は、美津子に贈り物をしているのだ。それが単なる義理などではなく、深い意味があったとしても、第三者には判別のしようがない。

家に帰り着き、自室に籠った。たった今得たばかりのデータを活用して、何か仮説が組み立てられそうに思ったのだ。私はあまりに、美津子のことを知らなさすぎた。いまさらながら、そのことを痛感する。

まず、南条が美津子を殺した犯人であると仮定してみる。すると、真っ先におかしな点に気づく。なぜ南条は、チョコレートの送り主が自分であることをあっさり認めたのだろうか。村瀬さんの奥さんによると、美津子の部屋には宅配便の配送伝票は残っていなかったそうだ。ゴミ箱にもなかったというから、犯人が意図的に持ち去ったのだろう。その点は、南条犯人説を補強する傍証とも言える。

だが実際には、小包を一時預かったアパートの大家が、南条の名前を憶えていた。そのために、警察は簡単にチョコレートの送り主を特定できた。もし南条が本当に犯人だとしたら、ここで白を切ってもおかしくないはずだ。何しろ状況は、南条にとって圧倒的に不利なのだから。

南条は警察があまりにも早く自分に辿り着いたことで、諦めてしまったのだろうか。しかし、計画殺人をする人間が、そこまで警察の機動力を見くびっているのも妙だ。たとえ配送伝票が残っていなくても、遅かれ早かれ警察が送り主を見つけ出すことくらい、小学生でも予想がつく。殺人などという思い切ったことをするにしては、杜撰《ずさん》な計画と言うしかない。

ならば、南条は諦めたのではなく、最初から覚悟の上だったとしたらどうだろう。そんな杜撰な計画を立てるわけがないという考えの裏をかいたのだとしたら。南条は自分を積極的に危険な立場に置くことで、逆に安全を確保しようとしたのではないか。

しかしそれは、いくらなんでも持って回った考え方だ。警察が特に疑問を持たず、そのまま南条を逮捕してしまえば終わりなのだから。もし私が誰かに殺意を持っていたなら、そんな危険な賭けは試みず、もっと安全な手段を採《と》るだろう。自分の痕跡を極力隠すのが、犯人の心の動きとしては自然だ。

つまり、どう考えてみても、南条を犯人とするのは無理があるということになる。美津子を殺した犯人は別にいると考えるしかない。

とはいえ、南条が完全に事件と無関係とは思えない。南条は殺人犯ではなくとも、睡眠薬を入れた当人である可能性は否定できないからだ。

女性に睡眠薬を服ませる目的は何か。考えられることは、あまり多くない。殺すか、それとも辱《はずかし》めるか、そのどちらかしかないだろう。南条は美津子を殺すつもりはなくとも、邪な気持ちを持っていたのではないか。言い寄っても相手にしてくれない美津子に、強引な手段で迫るつもりだったとしたら。

私は南条という男の性格を知らない。だから、この想像がまったくの的外れであってもおかしくない。だが南条のことを知らないからこそ、先入観なく物事を見渡すことができる。純粋に可能性だけで仮説を組み立てられる。だから、もう少しこのまま論を推し進めてみよう。私は何本目かのたばこを取り出し、火を点ける。机の上の灰皿には、すでに吸い殻がいくつも転がっていた。

美津子はあの日、学生時代の友人たちの集いに参加していた。おそらく、酒も入っていたはずだ。そんなときに睡眠薬を服んだなら、通常よりも効果が覿面《てきめん》になる。急速に襲ってくる睡魔に、美津子は戸惑ったことだろう。なんとかベッドまで辿り着こうと焦り、そして途中で力尽きたのだとしたら。そのとき寄りかかったクローゼットの上には、微妙なバランスを保っていたアンティーク時計があった。美津子がぶつかった衝撃で、その時計は落下する。運悪く美津子は、時計の落ちる真下にいた。台座の角が当たった弾みに、彼女は息絶えた。そんなふうには考えられないだろうか。

もちろん、ガラス切りを使って侵入した人物は、南条だ。南条はアクシデントで死んでいる美津子を見つけ、瞬時に何が起きたかを悟ったことだろう。自分の邪な企みが生み出した悲劇に怯え、責任逃れするために配送伝票だけは持ち帰った。しかし南条にとって不運だったことに、小包を一時預かっていた大家が、南条の名前を憶えていた。だから南条は自分がチョコレートの送り主であることを認めざるを得なかったが、あくまで睡眠薬については白を切りとおすことにした。それが、事の真相ではないか。

手持ちのデータを組み合わせる限り、この仮説に矛盾は見いだせない。村瀬さんの奥さんが言うには、警察もまだ他殺とも事故死とも判じかねているそうだ。ならば、私の仮説を積極的に否定する材料はないことになる。私が考えつくくらいだから、おそらく警察でもとっくに検証しているだろう。近いうちに、南条への取り調べが行われるのではないか。

もし実際に起こったことがこのとおりであったとしたら、美津子は誰かの恨みを買って殺されたわけではないことになる。しかし、客観的には事故死でも、私の主観では南条に殺されたようなものだ。もし警察の手によって真実が明らかにされたとき、果たして私はどのように感じるだろうか。南条への怒りを腹の中に秘め続けることができるだろうか。

それは、自分自身にもわからなかった。

7

その手紙が届いたのは、保護者会があった日から二日後のことだった。どうということのない白い封筒に、ワープロで私の名前が印字されている。差出人の名はなく、その点だけが少し奇妙だった。だが私は、さしてそのことの意味を深く考えるでもなく、封を切った。

封筒の中に入っていた手紙もまた、ありふれた紙に印刷されたものだった。真っ先に署名を確かめたが、やはり名前はない。封筒に自分の名を書き忘れたわけではなく、最初から匿名で送られてきた手紙らしい。それがわかってようやく、手紙の内容に興味を覚えた。

手紙の文章は、なんの前置きもなく始まっていた。文面は至極短い。必要最小限のことを、簡潔に語っているだけだった。しかし私は、その内容に驚愕した。衝撃的な短い文章を、何度も読み返さずにはいられなかった。

手紙は、南条の罪を暴いていた。南条は女子児童に睡眠薬を服ませ、いたずらをしようとしたことがある。だから今度の事件も、南条が犯人だ。そのように手紙は断じていた。

一読して私が覚えた驚愕は、何度も読み返すうちに当惑にすり替わった。この手紙は果たして、本当のことを書いているのか。それとも単なる中傷なのか。中傷でも真実でも、なぜそんな内容の手紙が私に送られてくるのか。送り主は誰なのか。そういった疑問が次々に湧いてきて、私を混乱させた。

切手の消印は、最寄りの郵便局本局のものだった。つまりこの手紙を書いた何者かは、遠方に住んでいたとしてもわざわざこの地域にやってきて投函したことになる。いや、そんなふうに回りくどく考える必要はないだろう。手紙の書き手は、近所に住んでいるのだ。そう考えるのが、この場合は自然であるように思えた。

手紙の書き手は、父母のひとりか。もしかしたら、南条にいたずらされた児童の親なのかもしれない。しかし、だとしたらなぜ私にこんな手紙を送ってくるのだろう。校長なり、あるいは教育委員会なりに訴えた方が、きちんとした処分が下されるはずだ。私にこんな匿名の手紙を送ったところで、何も事態は変わらない。手紙の書き手はいったい、私に何を期待しているのだろうか。

疑問は限りなくあるが、しかしこんな手紙を受け取ったからには態度を決めなければならない。無視するか、それともなんらかの行動を起こすか。

無視するのは簡単だった。何も知らなかった振りをして生きていくことも、決して不可能ではないだろう。幸い私の子供は男の子だし、南条に直接担任されているわけでもない。真相を究明せずとも、まったく支障がないとも言えた。

だが、本当にそれでいいのか。私の中の何かがそう訴えていた。おそらくそれは、義憤ではない。PTAのひとりとしての公憤などでないことは、自分自身がよくわかっていた。私はただ、美津子がなぜ死ななければならなかったのか、そのわけを知りたがっている。それはあくまで私的な動機であり、南条の破廉恥《はれんち》行為を糾弾しようという意図はほとんど持ち合わせていなかった。いわばこの手紙は、口実を与えてくれたわけである。私は最初から、事件に関わり合うきっかけを欲していたのだ。匿名の手紙を前にして、いまさらそんな自分の気持ちに気づいた。

だから私は、南条に電話をするのに躊躇をいっさい覚えなかった。むしろ、自ら進んで面倒に巻き込まれようとしている。それはこれまでの私にしてみれば、考えられない行動だった。以前の私ならば、面倒事は極力避けようとしていたはずだからだ。

いったんリビングに行き、小学校の名簿を持ち出して、自室から南条の住むアパートに電話をかけた。南条がひとり暮らしをしていることは、村瀬さんから聞いている。電話が繋がるならば、出るのは南条自身とわかっていた。

もしかしたら留守番電話になっているかもしれない。そう考えてダイヤルしたのだが、思いがけず「はい」と低い男の声がした。本人が電話口に出たのだ。私は一拍おいて気持ちを整理し、おもむろに切り出した。

「失礼します。わたくし、五年二組の小宮山真司の父親です。夜分遅くに申し訳ありません」

「小宮山君のお父さん……」

　こちらが名乗っても、南条はピンと来ないような口振りだった。無理もないだろう。自分が担任しているわけでもない児童の父親から突然電話がかかってくれば、疚《やま》しいところなどない先生でも不審に思うはずだ。まして南条は今、殺人事件の渦中にいる。応対が重くなるのは当然のことだった。

「不躾な電話で申し訳ありません。どうしてもお伺いしたいことがあり、お電話差し上げました。少々お時間をいただけますでしょうか」

　まず私は、慇懃にそう言った。これから口にしなければならない非礼を思えば、どんなに丁寧な前置きをしても足りなかった。

「お答えすることは何もありません。こんなふうに直接お電話をいただいても、正直言いまして迷惑です。事情はすべて、校長先生の方から説明があったはずですが」

　それに対して南条は、最初から頑《かたく》なな態度だった。父母からの電話に、はっきりと〝迷惑〟とまで答えるのは、少々意外だ。よほど神経が参っているのか、それとももともと無礼な人物なのか。もし後者であるのなら、私の方も遠慮する必要はないので、かえって気が楽だった。

「校長先生からは、山浦先生に送られたチョコは南条先生のプレゼントだったと伺いました。南条先生ご自身も、それはお認めになっているんですよね。でしたらなぜ、それに睡眠薬などが入っていたのでしょうか」

「それは私が訊きたいくらいです。飛んだことになって迷惑しているのは、むしろ私の方なんですよ」

その言葉を聞いて私は、南条への評価を定めた。南条は今、美津子の死で迷惑を被《こうむ》っていると明言した。美津子の死を悼《いた》むわけでもなく、自分に降りかかる火の粉だけを気にしている。こんな身勝手な男なら、匿名の手紙に書いてあるような破廉恥な真似をしてもおかしくないかもしれない。そのような考えが、瞬時に頭に浮かぶ。

「南条先生は山浦先生に懸想《けそう》していたという噂もありますが、それは事実ですか」

「懸想？　冗談じゃない。あんなチョコは、ただの義理ですよ。向こうだってこっちだって、本気にしちゃいなかったんだから」

「睡眠薬を服ませて、破廉恥なことをしようとしたのではないですか。そんな噂も流れていますが」

「な、なんですって！」初めて南条の声が上擦った。「だ、誰がそんなことを言ってるんですか。名誉毀損《きそん》で訴えてやります。まったく、冗談じゃない」

「チョコレートに睡眠薬など仕込んでいないと、断言できるのですね」

「できますとも。いいですか。この際ですからはっきり言っておきますが、私と山浦先生の間には、何も特別なことはなかったんです。チョコレートは、どこの職場でもあるただの儀礼ですよ。それがこんなことになって、こっちはいい迷惑だ」

南条はまた同じことを繰り返した。私はもう容赦はしない。

「では、女子児童に対してならば、睡眠薬を服ませていたずらするというわけですね」

「えっ？」

こちらの言葉があまりに思いがけなかったのか、南条は絶句したきり先を続けなかった。唾《つば》を飲み込む音が聞こえ、そしてようやく声を発する。

「何をおっしゃっているのかわかりませんが、あなたは私を貶《おとし》めるつもりですか。私を学校から追放したいんですか」

「もしあなたが本当にそんなことをしていたのなら、当然そういうことになるでしょう。もちろん、追放だけで済む話ではないですが」

「ふざけるな！　おれは何もやってない。やってないんだ！」

南条はいきなり喚《わめ》くと、そのまま電話を切った。激昂《げっこう》した南条の反応からは、こちらの言葉が真実を衝いたのかどうか、判断がつかない。だが私は、南条の人となりがわかっただけで満足だった。南条と私が互いを認め合うことなど、永久にないだろう。それだけは、はっきりしていた。

8

　名簿を片づけるために、ふたたびリビングに戻った。すると、数分前にはいなかった真司がソファに坐っていて、テレビを見ていた。私はキャビネットに名簿をしまいながら、ふと息子に尋ねてみたくなった。

「なあ、真司。ちょっといいかな」

「なあに？」

　真司は言って、こちらに顔を向けた。テレビのブラウン管には、太平洋の島国らしき映像が映っている。それが見たくて自分の部屋から出てきたようだが、振り向いた様子からすると、それほど真剣に見入っていたわけでもないようだ。私は近づいていって、真司の斜め前に坐った。

「山浦先生のこと、クラスの子たちはどういうふうに思っているのかな」

「どういうふうにって？」

　こちらの質問が漠然としすぎていたのか、真司は尋ね返してくる。私は少し考えて、もう一度具体的な問いを発した。

「ショックを受けているとか、あるいはそうでもなくて興奮しているとか、そういう意味だ」

「そりゃ、人によってまちまちだよ。女子はショックを受けている人が多いけど、男子はどっちかって言うと興奮してるかな。二時間ドラマみたいだって、喜んでる奴もいるよ」

「喜んでる？」

子供にとって、人間の死はあまり実感のないことなのだろう。ドラマみたいと言って喜ぶのは、まさに子供的発想だ。だがそうとわかっていても、私は驚かずにはいられなかった。美津子は子供たちから好かれている先生ではなかったのか。

「真司はどうなんだ。やっぱりドラマみたいだと思うか？」

自分の息子だけは、人の痛みのわかる人間であって欲しい。私はこれまで、特に意識して真司にそう望んだことはなかった。だが今、私は子供の残酷さを初めて目の当たりにし、いかに自分が彼らの世界に無知だったかを知った。私は真司の返事を、恐れる気持ちで待った。

「別に先生が死んで嬉しくなんかないけど、ドラマみたいだとは思うよ。殺人事件なんて、めったにあることじゃないからね」

真司の返事は微妙で、どう捉えていいのかわからなかった。ある意味、ごく当たり前のことであり、残酷とも非情とも言えない。だがそれにしては、真司の口調が妙に醒《さ》めているのが気になった。少なくとも真司は、美津子が死んで悲しんでいるようには見えなかった。

「先生が亡くなって、悲しいとは思わないのか」

「悲しいよ。でも、まだあんまり実感がない」

真司は言葉とは裏腹に、淡泊に言う。私はしつこく続けた。

「犯人が憎いとか、誰が殺したんだとか、そういうことは考えないか」

「うーん、よくわかんないな」

真司はどうでもいいことのように首を捻る。あまり興味がなさそうだった。そんな反応に、軽い違和感を覚える。最近の真司は、私が買い与えてやったシャーロック・ホームズやアルセーヌ・ルパンのジュブナイルを好んで読んでいたはずだ。ああいうものが好きなら、現実の事件にも興味を持つのが普通ではないか。真司はそれほど、美津子の死をどうでもいいと考えているのか。あるいは逆に、現実と虚構の区別がきちんとついていると、肯定的に考えるべきか。私は判断に迷ったが、これ以上息子の心性に踏み入るのが怖くなり、質問を変えた。

「じゃあ、南条先生のことは知ってたか？　南条先生が山浦先生にプレゼントしたチョコの中に、睡眠薬が入っていたそうだが」

「知ってるよ」

「南条先生は、山浦先生のことが好きだったのかな」

「さあ、知らない」

重ねて尋ねても、気のない返事しか返ってこない。どうやら真司は、あまり南条のことを知らないらしい。これでは、南条が本当に女子児童にいたずらするような男かどうか、真司から判断材料を引き出すことはできそうになかった。

「悪かったな、テレビの邪魔をして。これを見終わったら寝るんだぞ」

「はあい」

真司は間延びした返事をして、画面に視線を戻した。それを潮に、私も腰を上げた。

9

匿名の手紙を受け取った翌週のことだった。

仕事を終え、自宅の最寄り駅に着いたときには午後の十時を回っていた。春が近いとはいえ、こんな時間の気温は未だ肌を刺すように冷たい。コートの襟を立てて、家路を急いだ。

駅前の賑《にぎ》わいから離れ、住宅の建ち並ぶ地域に差しかかったとき、前方に見憶えのある姿を認めた。小柄だが、颯爽《さっそう》と歩くその足取りはあまり年齢相応の幼さを感じさせない。めったに話をすることはないものの、たまに接する機会があると、本当に息子と同年齢なのだろうかという疑問をいつも覚えてしまう。それほど、山名さんは大人びた少女だった。

参考書などを入れやすい大きな鞄を持っているところからすると、おそらく塾の帰りなのだろう。しかし、こんな夜遅くにひとりで歩いているのは、あまり誉められたことではない。一瞬迷ったものの、結局私は声をかけることにした。

「山名さん」

突然背後から声をかけられたにもかかわらず、山名さんは驚いた様子も見せなかった。その場で立ち止まり、顔を後ろに振り向ける。そして私を認めると、きっちりと頭を下げて挨拶した。

「こんばんは」

「塾の帰りなのかい。遅くまで大変だね」

ひとまず、そんな無難なことを口にした。この年頃の女の子と、どんな言葉を交わしたらいいのか、見当がつかない。まして相手が山名さんでは、子供扱いするのが適当かどうかも迷うところだった。

「いつものことですから」

それに対して山名さんは、十一歳とは思えぬ冷静な受け答えをする。ともすれば、自分が成人した女性と接しているのではないかと錯覚してしまうほど、山名さんは大人びていた。

家が近いこともあって、以前はよくうちに遊びに来たものだった。だが学年が上がるにつれ、互いに恥ずかしがるようになったのか、最近は真司が連れてくることもなくなった。だから山名さんと言葉を交わすのも、かなり久しぶりのことだった。

幼稚園の頃から顔立ちの整った子だったが、こうして成長した姿を見ると、はっと胸を打たれるほどの美少女になっていた。まるで白磁の作り物のように、ほとんど人工的とも思えるほど完璧な造作だ。小学生にしてこれならば、あと数年も経てばどんな騒ぎになることだろう。彼女の周囲の男たちが色めき立つ様が、今から想像できるようだった。

「最近この辺りも物騒だから、ひとりで歩いているのは危ないよ。一緒に帰ろう」

あまりに整いすぎた容貌を見ていると、なにやら切ない思いが込み上げてくる。こんな精緻《せいち》な生き物は、誰かが守ってやらなければならない。そんな義務感に駆られ、送っていくことを申し出た。山名さんは表情ひとつ変えず、「はい、すみません」と頷く。そんな様も、やはり人工物のような印象を与える。

並んで歩き出したはいいものの、共通する話題は見つけられなかった。仕方ないので、美津子の事件について触れる。この冷静な美少女が、事件をどのように捉えているのか知りたいという興味もあった。

「学校、大変だね。そろそろみんなは落ち着いたのかな」

「ええ、表面上は」

「表面上は？　つまり、実際は落ち着いてなんかいないってこと？」

「それはそうです。だって、先生を殺した犯人はまだ捕まっていないんですから」

「ああ、そうだよね。やっぱり身近な人が殺されたりしたら、怖いよね」

「怖いというより、どうしてなのかなって思います。どうして山浦先生が殺されなければならなかったのか、理不尽ですから」

「理不尽、ね」

山名さんがこういう喋り方をする子だとわかっていても、面食らわずにはいられなかった。理不尽とはつまり、運命に対して憤る気持ちを称しているのだろう。確かに美津子が殺され、南条のような教師が残っているのは、あまりに理不尽なことだ。ただ泣いたり怖がったりするわけではなく、そのように事件を受け止めている子供がいたことに、改めて驚かされる。

「南条先生はどうしてるか知ってる？　普通に学校に来ているのかな」

真司が知っていたくらいだから、南条が事件に関係していることは山名さんも承知しているだろう。そう考えて、探りを入れてみた。真司に尋ねるよりも、ずっと有益な情報をもたらしてくれそうな気がした。

「来てますよ。表面上はなんのお咎《とが》めもなしです。別に逮捕されたわけじゃないんだから、それも当然ですけど」

「ああ、そうだよね」

警察は何をしているのかと、私は疑問に思う。睡眠薬を入手できるルートなど、限られているはずだ。南条が医者から睡眠薬を処方してもらっていたのなら、そんなことは警察ならばすぐに調べがつくだろう。それでも南条が自由の身でいるのは、事件との関連性はないと判断されたからか。

「南条先生のこと、気になりますか？」

初めて、山名さんの方から話を向けてきた。私は思わず傍らを歩く美少女の顔を見て、そして頷いた。

「うん、ちょっとね。チョコレートのことがあるものだから」

「どうしてもっと騒いでくれないんです？　南条先生のことをＰＴＡの間で問題にして欲しかったんですけど」

「えっ？」

すぐには山名さんの言葉の意味がわからず、言葉を忘れた。やがて、じわじわと驚きが込み上げてくる。まさかと思うのは、山名さんの年齢を知っているからだ。こうして実際に言葉を交わしてみれば、決してあり得ないことではないとわかるのに。

「君が……、あの手紙をくれたのか」

間違っている可能性は、微塵《みじん》も考えなかった。匿名の手紙の書き手は、この美少女だ。

私は卒然と、そんな確信を得た。

「この前の保護者会で、小宮山君のお父さんが率先して南条先生のことを追及したって、両親から聞きました。だから、小宮山君のお父さんなら南条先生の偽善を暴いてくれるかもしれないって思ったんです」

「そうだったのか。でも、あの手紙の内容は本当なの？　詳しいことを聞かせてもらわないと、何もできないよ」

「お話ししたいですけど、でも……」

気づいてみれば、山名さんの住むマンションはもう目の前だった。このまま道端で立ち話を続けるわけにもいかない。私は我に返り、自分の話し相手の年齢と現在の時刻を思い出した。山名さんが小学生でなければ、もっと詳しい話ができるのに。そんなふうにもどかしく思っても、こればかりはどうしようもない。

「じゃあ、明日でもいい。電話でもいいから、詳しいことを教えてもらえないかな。もし本当なら、放っておける話じゃないから」

「おじさん、パソコンは持ってますか？　インターネットでチャットってやったことあります？」

「チャット？」思いがけないことを訊かれ戸惑ったが、すぐに山名さんの意図を察する。

「やったことはないけど、パソコンは持ってる。できると思うよ」

「じゃあ、チャットで話しましょう。電話でもちょっと話しにくいですから」

「そうだね」

なんと機転が利くのだろうと感心していると、山名さんは鞄からメモ用紙を出して、すらすらと何かを書き留めた。それをちぎって、私に差し出す。

「ここが、ふだんあたしが使っているチャットルームのアドレスです。今の時刻だったら、そうですね、十時半の待ち合わせでいいですか」

「十時半ね。了解した」

メモを受け取り、私は頷いた。山名さんは「送っていただいて、ありがとうございます」と丁寧に頭を下げ、エントランスに入っていく。私はただ、その後ろ姿を呆然と見送った。

10

帰宅してすぐに、パソコンを立ち上げインターネットに接続した。まだ約束の時刻には早いが、先にチャットルームに行き、使い方を学ぶ。専用ソフトを入れている時間はないので、長い言葉を入力するのは大変そうだが、私はただ質問するだけの立場なので用は足りそうだった。取りあえずひととおりチャットの仕組みを理解した頃に、山名さんはやってきた。
《さっきはありがとうございました》
まず山名さんは、そんなふうに礼を言う。ただませているだけでなく、こうした礼儀も心得ているところに感心する。《どういたしまして》と応じて、本題を促した。
《さて、あの手紙の内容が本当なのかどうか、教えてもらおうか》
私のタイプタッチはあまり速くないが、それでもこの程度の短い文章ならばさほど入力に時間もかからない。山名さんの方はといえば、ローマ字も習ったばかりだろうに、完全にブラインドタッチを習得しているとしか思えない速さで文字を打っている。私の問いに対しても、すぐさま《本当です》という返事があった。
《被害者はあたしじゃないですけど》
《それは誰なんだ?》
《言えません。本人の名誉に関わることですから》
画面上のやり取りだからという点を割り引いても、山名さんの答えはきっぱりとしていた。確かに、性的な被害についての話ならば、男の私には話しにくかろう。しかし被害者を特定できないことには、こちらとしても何もできない。だから私は、しつこくその点を質した。
《確かに言いづらいことだろうけど、でも教えてもらわないと南条先生を糾弾することもできないよ》
《言えるくらいなら、あんな匿名の手紙を出したりしません。とっくに両親に言って、なんとかしてもらっています》
なるほど。あの手紙は親には言えない悩みを抱えた少女の、やむにやまれぬ苦肉の策であったわけか。私は山名さんに同情し、同時に南条への怒りを再燃させた。
《じゃあ、ひとまず被害者の名前はいい。具体的にどういう状況だったのか、それを教えてくれないか》
《長くなりますから、メールで送ります。十分後にまたここでお話しできますか》

山名さんはあらかじめ考えてあったように、そう文章を打つ。私は承知して、チャットルームから抜けた。接続したまま二分間待ち、そしてメールソフトを立ち上げて受信する。すぐに開いて冒頭から読んでいくと、とても小学生とは思えぬ整然とした文が続いていた。おそらく、チャットルームにやってくる前に文章化していたのだろう。何度目かの感心を覚えながら、その長文に目を走らせた。

二学期の終わり頃、十二月のことです。学期末なので蔵書整理をするために、図書室は一週間閉鎖されていました。鍵は、図書委員会の顧問だった南条先生が管理していました。

その日私は、以前から考えていたことを確かめるために、図書室に行きました。二ヵ所の棚にある本を入れ替えれば、もっと多くの本を置けると考えたんです。私は鍵を借りるために、職員室に行って南条先生を捜しました。でも職員室にはいなかったので、もしかしたらひとりで蔵書整理をしているのかもしれないと思って、図書室に行ってみました。図書室の鍵はかかっていましたが、そのとき内側で誰かが動く音が聞こえました。だから私は、ドアをノックして声をかけました。中にいるのは南条先生だろうと考えたからです。

実際、図書室の中にいたのは南条だった、と山名さんは書いている。だが南条はひとりで図書室に閉じ籠っているわけではなかった。女子児童と一緒だったのだ。山名さんはその女子児童の名を伏せ、Aという仮名で呼んだ。

南条先生は、「なんの用だ。忙しいから後にしろ」とドアを開けずに答えました。でもその声がなんとなく慌てた様子だったので、私は変に思いました。取りあえず「はい」と返事をしておいて、わざと音を立てて遠ざかってから、上履きを脱いでもう一度ドアに張りつきました。そうしたら、南条先生だけでなくもうひとり、女の子の声が聞こえたんです。女の子の声は小さかったのでよく聞き取れなかったんですが、私には「助けて」と言っているように聞こえました。しかもその声は、知り合いのAさんの声に似ていたのです。私はさっきの南条先生の慌てた様子を思い出し、中で大変なことが起きようとしていると考えました。だから今度は大きな声を出して、ドアを何度も叩きました。ドアを開けさせるためというより、他の先生や生徒たちに聞こえるように声を出したんです。「大丈夫ですか。怪我でもしたんじゃないですか」って。

結局南条は、山名さんの機転に負けて鍵を開けた。内側には、机に突っ伏して泣いているAさんがいたという。どうしたのかと尋ねると、Aさんを叱っていたと南条は答えた。Aさんに確認しても、ただ泣くだけで埒が明かなかったそうだ。

私はひと目で、ただ叱られていただけじゃないってことを見抜きました。だからAさんを連れてそのまま図書室から出ました。南条先生はそんな私たちを引き留めようとしませんでした。本当に南条先生の言うとおりなら、まだお説教は終わっていないとか、あるいはなんの用なのかと私にもう一度尋ねるはずなのに、ただ気まずそうに私たちを見送るだけでした。そんな反応で、南条先生が嘘をついていることがわかりました。

山名さんはAさんを宥《なだ》め、そして何が行われようとしていたかを聞き出した。Aさんは南条に呼び出され、そのときに缶ジュースを振る舞われたという。缶ジュースの口は開いていたが、Aさんは特に疑問にも思わずそれを飲んだ。すると、しばらくするうちに急に眠たくなってきて、意識が朦朧《もうろう》としたという。体を触られているような気がして抵抗したが、力がまったく入らなかったそうだ。助けを呼んでも、その声は自分の耳にすら届かないほど小さい。加えて南条は、こんなときに誰かが入ってくれば、恥ずかしいのはお前の方だと言ったそうだ。何をどうしたらよいのか困り果てて、パニックに陥っていたところに、山名さんがやってきたとAさんは説明した。

それが、事態の一部始終だった。山名さんのメールはそこで終わっていて、彼女の個人的考えなどはいっさい綴られていない。私はこのメールを読んでもやはり戸惑うばかりで、ほとんど考えがまとまらなかった。やがて約束の十分間が過ぎたので、ふたたびチャットルームに戻った。

《メールは読んだ。信じられないことだ》

小学校の教師が、児童に対してこのような振る舞いに出るとは、とうてい信じがたかった。しかし、山名さんが嘘をついているとは思えない。教師の猥褻《わいせつ》行為の報道が珍しくなくなった昨今では、今もどこかでこうしたことが行われているのかもしれない。その一件がたまたま、息子のいる学校で起きたということか。

《嘘じゃありません》

山名さんにしては珍しく、むきになったような返事が返ってきた。私は疑ったわけではないと詫びて、もっと詳しい説明を求めた。

《Aさんはどうして、南条先生の呼び出しに応じたんだ？　Aさんは南条先生のクラスの生徒なの？》

《それは言えません。言ったら、Aさんが誰なのか特定できてしまうから》

《でも、南条先生を糾弾するためには、Aさん自身に説明してもらわなくちゃならないんだよ》

《このことが公になって、自分の名前が知られたら、Aさんは自殺するって言ってます。あたし、Aさんの気持ちがわかります。だから、絶対に名前は言えません》

《そうか》

これは難しい問題だった。南条がいみじくも脅迫材料に使ったように、こうした破廉恥行為は加害者よりも被害者の方が失うものは大きい。まして先生と児童の関係であったら、名乗りを上げる勇気がなくても無理はないところだ。だからこそ山名さんもAさんも、親を頼れずにこれまで泣き寝入りしていたわけか。その心情を思うと、痛みに胸が張り裂けそうになる。

《情けないんですが、あたしの親もAさんの親も、こうしたことで頼りになるとは思えないんです。だから、小宮山君のお父さんならなんとかしてくれるかもしれないと思って、あんな手紙を出しました。でもやっぱり、被害者が名乗り出ないと南条を糾弾することはできませんか？》

山名さんは初めて、南条のことを呼び捨てにした。そこに私は、静かな怒りを見て取った。彼女の怒りは、私自身の怒りでもあった。今や私は美津子のことなど関係なく、南条に対して深甚《しんじん》な怒りを抱いていた。

《わかった。こんな話を聞いてしまったからには、放っておくわけにはいかない。どういうことができるか、少し考えてみるよ》

《お願いします》

ディスプレイ上に現れる文字にはなんの感情も表れないはずだが、しかし私は山名さんの返事に安堵を感じ取った。彼女たちが背負っていた重荷を少しでも肩代わりしてあげられるなら、私としても本望だった。

《ところで、君は南条が山浦先生を殺した犯人だと書いていたね。それには何か、具体的な証拠でもあるの？》

最後に、大事なことを確認した。だが山名さんの返事は、私の期待とは大きくかけ離れていた。

《いえ。ただ南条が犯人だったらいいのにと思っただけです。南条みたいな男は、警察に捕まるべきだから》

11

私にできることは限られていた。だがそれでも、自分に可能な限り山名さんの期待に応えなければならない。まずすべきことは、南条への事実確認だ。直接問い質しても、この前のように否定されるだけだろうが、本人の反応から読み取れることもあるはずだ。そのためには、南条に直接会わなければならない。

その翌々日、早めに病院を出て南条の自宅へと向かった。南条が在宅していることは、あらかじめ電話をかけて確認してある。私は名を名乗らず、南条本人が電話口に出るとすぐに電話を切った。南条はただのいたずら電話と思ったことだろう。

私は現在、病院内で重要なプロジェクトを進行させているところだった。正直に言えば、仕事以外の雑事に煩わされたくはない。だが南条の件は、何人もの人命を救うかもしれないプロジェクトよりも、私にとって大きなことだった。プロジェクトに参加している者たちに顰蹙《ひんしゅく》を買うのは承知しつつ、私は自分のための時間を作らなければならなかった。

時刻は午後の十時を回ろうとしていた。他人の家を訪ねるのに適当な時間とは言えない。それでも今から話し合われることの内容を考えれば、礼儀など問題にしている場合ではなかった。南条も、こちらの非礼に腹を立てている余裕はないだろう。

地図で大まかな場所は把握していたので、南条の住むアパートを見つけるのにはさして苦労しなかった。念のために一階にある集合ポストで名前を確認しても、間違いはない。私は改めて自分の決意を確認し、そして南条の部屋のインターホンを押した。

「はい」

男の低い声が、インターホンのスピーカーから聞こえる。私は顔を近づけて、囁いた。

「五年二組の、小宮山真司の父親です。先日の話の続きをするために、やってきました」

南条の返事は、すぐには返ってこなかった。だがその沈黙の裏には、戸惑いの気配が感じ取れる。ドアを開けるべきかどうか、迷っているのだろう。私は囁き声のまま、続けた。

「ここでこのまま話をしてもいいんですよ。そちらさえよければ」

こうした恫喝《どうかつ》めいた台詞を、自分が口にしていることが信じられなかった。しかし私は、そんな己の行為を恥ずかしいとは思わない。どんな手段をも辞さぬ覚悟が、私の裡《うち》には存在した。

なおも十秒ばかり南条の沈黙は続いたが、やがて諦めたようにドアが開いた。そこには、まさに苦虫を嚙み潰したと形容したくなるような渋い顔をした、体格のいい男が立っていた。胸板が厚く、腕が太い。しかしそんな体格にしては、容貌は確かに学校の先生にふさわしい知的な雰囲気を備えていた。それが見せかけだけのものであることを、すでに私は承知していたが。

南条は私を睨みつけたまま、「どうぞ」と中に入るよう促した。不本意でならないが、児童の父母に対して邪険な態度をとるわけにはいかない。そんな内心がありありと窺える表情だった。私は一礼して、遠慮なく靴を脱いだ。

玄関とリビングルームはそのまま繫がっていた。整然としているとは言いがたい、六畳ほどのリビングだ。私は勧められもしないうちに、空いている場所を見つけてカーペットに腰を下ろした。南条は突っ立ったまま、じっとこちらを見下ろしている。

「坐ったらいかがですか。このままでは話がしづらい」

私に言われてようやく、南条はあぐらをかいた。だが、自分から言葉を口にしようとはしない。私は南条の大きな体格に圧迫感を覚えていたので、早くこの場から立ち去りたかった。前置きもなく、本題に入る。

「あなたはこれまでに何度、睡眠薬を使って女子児童にいたずらをしたんですか」

直截に尋ねると、さすがに南条は顔色を変えた。金魚のように口をぱくぱくさせてから、かろうじて言葉を絞り出す。

「おれはそんなことはしていない。どうしてそんな言いがかりをつけるんです？」

「言いがかりなどでないことは、あなたが一番承知しているでしょう。私はなんの根拠もなくこのようなことを口にしているわけではない。私は知っているんです」

「しょ、証拠があるのか。証拠がなければ、誰もそんなことを信じやしないぞ」

「子供だから、泣き寝入りするとでも思っていたんですか。あくまで白を切るのは、保身のためでしょう。保身を考えるだけの頭があるのなら、なぜ子供に対して卑劣なことをするんですか」

「だから証拠を示せと言ってるんだ。ないんだろう？　証拠もなしに、よくそんなひどいことが言えるな」

南条は興奮のあまり、肩で息をしていた。拳《こぶし》を握ったり開いたりしているのは、私に殴りかかりたい気持ちを精一杯抑えているからだろう。しかし南条は、自分の気持ちの高ぶりにばかり気を取られていて、こちらの内心に気づく様子もない。私がどのような思いでここに来たか、忖度《そんたく》する余裕もない。

「証拠がなければ、どんなことをしてもいいと思っているのか。貴様の行為で子供がどれだけ傷ついたか、想像したことはあるのか」

「うるさい。生徒の父親だと思って黙って聞いてりゃ、勝手なことばかり言いやがって。

そんな言いがかりをつけるなら、おれにいたずらされたという生徒をここに連れてこいよ。そいつはいったい誰なんだよ。おれの方が教えて欲しい——」

南条の言葉は中途で断ち切られた。南条は自分の頬に手を当て、信じられないものを見たように目を瞠《みは》っている。南条の視線が突き刺さっている私の拳は、たった今自分が与えた衝撃に耐えかねて、じんじんと疼《うず》いていた。

「私を傷害罪で訴えるなら、そうすればいい。そのときが、貴様の破滅するときだ」

私は最初から、南条を殴るつもりでここに来た。だが果たして自分がそのような行為に踏み切れるかどうか、自信はなかった。生まれてこの方四十年余り、私は他人を殴ったことがない。妻はもちろん息子にさえ手を挙げたことがない。そんな私が、いくら卑劣な男だからといって、拳を振り上げることができるか。目と目を合わせた状態で、相手を殴りつけることができるか。

南条の頬に拳を叩きつけた瞬間、理性を忘れていた。自分の社会的地位も忘れて、ひたすら眼前の醜悪な男を憎んだ。しかし私は本当に、南条を殴りつけたのだろうか。私の怒りの対象は本当に南条だったのか。殴られるべき相手は、常識人面して他人を糾弾する自分ではなかったのか。果たして私に、南条の行為を咎める資格があるのか。

私は確かに南条を殴った。南条の卑劣さを許せないと思った。しかし殴った後の私の胸には、どうしようもない自己嫌悪のみが存在した。私が殴ったのは南条であり、同時に己でもあった。自分の頬が痛まないのを、心底残念に感じた。

無言のまま立ち上がり、そのまま玄関へと向かった。南条もいっさい言葉を発しようとしない。私は索漠とした思いを抱えて、部屋を後にした。なんのためにこんなところまでやってきたのか、自分の行為の意味がわからなくなっていた。

12

私は激務の合間を縫い、精一杯の努力をした。まず校長に掛け合い、南条の行状を調査するよう訴えた。だが校長は「信じられない」と繰り返すばかりで、具体的な対処をする意思をまったく持ち合わせていなかった。自分の学校で教鞭《きょうべん》を執《と》る先生が殺されただけでも一大事なのに、この上児童に対するいたずら行為などあってはならない。そんなふうに考えているのがありありと透けて見える、やる気のない対応しか引き出せなかった。

私は三度校長宅に足を運び、そして埒が明かないことを悟ると、次には教育委員会に出向いた。ここでも担当者の間をたらい回しにされ、無駄な時間を過ごさなければならなかったが、苛立ちを抑えて辛抱を続けた。ようやく話を聞いてもらえるようになったとき、私は山名さんから聞いた話の一部始終を何度も繰り返した。担当者は被害者の名前がわからないことには対処のしようがないと、困《こう》じ果てたように言う。それでも私は、山名さんの名は出さなかった。山名さんに証言させれば、勢い被害者も表面に出てこなければならなくなる。それは山名さんの意志に反するのだ。私はあくまで、少女たちの盾《たて》となって闘うつもりだった。

三月中に決着をつけることは不可能だった。四月に入り、そのまま新学期が始まった。南条は何事もなかったように、教壇に立っていることだろう。それを思うと、私は目が眩《くら》むほどの怒りを覚える。そしてその感情に突き動かされ、煙たがられるのを承知で教育委員会に日参した。南条が教職から離れるまで、どんな努力も厭《いと》わない決意が私の裡に漲《みなぎ》っていた。

私は己の振る舞いが代償行為であることを自覚していたが、いったい何に対しての代償であるのか、自分自身でも判然としなかった。妻や息子への後ろめたさからか、それとも死んだ美津子への哀悼《あいとう》のつもりか。自分の偽善にはどうしようもない嫌悪を覚えるが、それを押して行動するのは、少女たちの力になりたいという純粋な気持ちがひとかけらくらいはあるからだと思いたかった。

重い腰を上げようとしない教育委員会に痺《しび》れを切らし、ついに東京都の教育庁にまで乗り込んだ。そこまでしてようやく、教育委員会もこちらの話に耳を傾ける気になったようだ。「調査して報告する」という言質《げんち》を取ることに成功し、初めてひと息つくことができた。そのことをメールで山名さんに報告すると、彼女は素直に喜んでくれた。それが何よりの報酬であった。

ちょうど同じ頃に、仕事も一段落つこうとしていた。研究を発表する目処《めど》が立ち、私の勝手な振る舞いに対する冷たい視線も和らいだ。四月のある日、私は美津子が殺されてから初めて、くつろいだ気持ちで家族に接することができた。

夕食を終えて、食後のお茶を飲んでいるときだった。ふと、キャビネットの上に載っている学校の名簿に気づいた。なんの気なしにそれを手に取り、真司のいるクラスのページを開いてみた。そして見知った名前を見つけ、「へえ」と声を上げる。

「真司、また山名さんと同じクラスなんだな」

横でテレビを見ている息子に、そう話しかけた。真司は一瞬こちらに目を向け、そして呆れたように首を傾げてから、またテレビに視線を戻した。

「五年から六年になるときにはクラス替えはないんだよ。だからまた一緒なのは当たり前なの」

「ああ、そうか」

そんなことも知らなかった自分に、愕然とした。いかに息子の生活に興味がなかったかという証左だ。息子がまだ低学年の頃は、もう少し興味を持っていた気がする。それなのに、いつから息子のことを気にかけなくなってしまったのだろうか。

「山名さんって美少女だよな。人気あるだろ」

いまさら改めても遅いかもしれないと思いつつ、真司ともう少し言葉を交わしたいと望んだ。と言っても、私が見つけ出せる話題はそんなことくらいしかない。

「別に。あいつ、ちょっと怖いからね」

「そうか。お前は昔、けっこう山名さんのことを好きじゃなかったか。うちにも何度も連れてきたじゃないか」

「そんなことないよ。何言ってるの」

「真司が好きなのは山名さんじゃなくて、村瀬さんよねー」

キッチンで洗い物をしている初恵が、こちらの会話を聞きつけて口を挟んだ。すると真司は、顔を真っ赤にして言い返した。

「そんなことないよ！　嘘言わないでよ」

「はいはい。ごめんね」

初恵は笑って真司の抗議をやり過ごす。私はむきになった真司の顔を見た。

「村瀬さんって、あの村瀬さんか」

そういえば、山名さんといつも一緒にいる女の子は、あのお喋りな村瀬さんの娘だった。輝くような美少女の山名さんの印象ばかりが強かったが、真司はああいうおとなしい子が好きだったのか。それもまた、息子の意外な一面を見せられた思いだった。

「別に関係ないからね。もう」

真司は口を尖らせて、主張する。私も笑って「わかった」と応じ、もう一度名簿に目を落とした。村瀬さんもまた、真司と同じクラスにいることを確認する。

その瞬間、ふと思いつくことがあった。それを真司に問い質す。

「村瀬さんは、図書委員じゃないよな」

「違うよ。図書委員は山名だよ。ねえ、どうしてそんなこと訊くの？ お母さんの言ってることなんて、嘘ばっかだからね」

「うん、わかってるよ。じゃあ村瀬さんは、どのクラブに入ってるんだ？」

「クラブ？ バスケットクラブだよ。それがどうしたの？」

「バスケットクラブの顧問は、誰先生？」

「顧問は南条先生だよ」

その返事で、私は自分の思いつきが当たっていたことを知った。そして同時に、あまりにも信じがたい妄想が浮上してくる。私は自分の考えを疑った。

南条の猥褻行為の被害者は、村瀬さんではないだろうか。村瀬さんと山名さんは、同じマンションに住んでいることもあっていつも一緒に行動していた。あのおとなしい村瀬さんが被害者だからこそ、山名さんは頑として名前を明かさなかったのでは。根拠があるわけではないが、蓋然《がいぜん》性の高い推測であるのは間違いなかった。

「山名さんや村瀬さんと、よく話はするのか？」

私は恐る恐る確認した。すると真司は、面倒そうに認める。

「ちょっといろいろあってね。最近はよく話をしたかな」

「いろいろって、山浦先生のことか」

「そうだよ。それがどうしたって言うの？」

真司の問いかけに、私は応じなかった。もう一度、先日と同じ質問を繰り返す。

「先生を殺した犯人が誰なのか、知りたいとは思わないのか」

「犯人なんてどうでもいいよ。捕まらなくったっていいんだ」

思いの外《ほか》に強い口調で、真司は答えた。そんな態度に強い違和感を覚えながら、私はふたたび自分の考えに没頭する。

山名さんと村瀬さんは、南条が睡眠薬を用いて女性に卑劣な行為をする男だと知っていた。もし彼女たちが、美津子に対する南条の野心に気づいていたとしたらどうだろう。南条が美津子にチョコレートを送ったことを、事前に知っていたとしたら。ふたつのことを結びつけて、チョコレートに睡眠薬が仕込まれている可能性を思いついたとしても、おかしくはないのではないか。

山名さんと村瀬さんは、南条に報復したいと考えていたはずだ。そうでなければ、私に匿名の手紙を送ってくるわけがない。だがそんな迂遠《うえん》な手段を採らなければならないほど、彼女たちは無力だ。被害を親に訴えることはできないし、かといって南条自身に直接交渉して謝らせることも不可能だ。もちろん、南条を暴力で屈服させることなど、論外でしかない。

少女たちが南条に報復しようとしたら、それは猥褻行為とはまったく別のことで陥れるしかないのではないか。例えば、殺人の罪を着せるとか。

子供たちがそこまで極端な手段に走るとは思えない。いや、思いたくない。しかし実際には、今の子供は我々親の世代が考えるよりもずっと、複雑な精神を持ち合わせている。まさかと思う事件が、連日の如く子供の手によって引き起こされているではないか。自分の周辺だけが、昨今の風潮と無縁だと考えるのは、あまりに楽観的すぎる。

山名さんたちは、南条が睡眠薬入りチョコレートを美津子に送ったことを知っていた。そして、そんな状況で美津子が殺されれば、真っ先に南条が疑われるはずだと考えた。実際南条は、限りなく黒に近い灰色の状態に置かれている。もし犯人の狙いが南条に濡れ衣を着せることだとしたら、それは半ば成功しているとは言えないか。

美津子はアンティーク時計の台座で頭を殴られて死んでいた。しかし状況は、事故死であってもおかしくないという。つまり美津子は、当たり所が悪くて死んだということだ。非力な子供であっても、充分に犯行は可能だっただろう。

もちろんその場合、ガラスを破って侵入した者は南条だ。南条は自分の野心を叶えるために押し入ったが、しかしそこで発見したのは冷たくなった美津子だった。南条は焦り、取りあえず自分の名前が書かれている配送伝票だけを持ち去った。この点は、事故死であった場合と同じ推測が成り立つ。

夜遅い犯行時刻も、子供の犯行を否定する材料にはならない。現に山名さんは、夜十時過ぎでもひとりで外を歩いていたではないか。塾の帰りに美津子の家まで足を延ばしても、決して親は怪しまないだろう。帰りが遅くなったことを咎めるだけのことだ。

しかしこんな推理とも言えない妄想には、決定的におかしい穴がある。たとえふたりがかりとはいえ、小学生の女の子が大の大人を殺せるだろうかという点だ。決して不可能ではないにしても、確実性に欠ける。こんなとき女の子の心理として、誰かに頼ろうとは考えないだろうか。例えば、村瀬さんを好きな男子児童に。

私はいくつものことを思い起こしてしまう。あの美形の刑事は、自宅にいた私のアリバイが成立しないことを指摘した。しかしそれは、他の家族にも言えることなのだ。夜になると各自が自分の部屋に引き籠ってしまう我が家では、他の者の目を盗んで外に行くのは容易だ。息子の部屋は二階だが、窓から出入りすることも子供なら簡単だろう。

そしてもうひとつ、私の頭にこびりついて離れないのは、真司の冷淡な態度だった。真司はなぜ、担任の先生が亡くなっても動揺しないのか。なぜ悲しみや驚きを見せないのか。それは誰が犯人なのか知っているからではないか。死んでも生徒に悲しんでもらえない美津子は、子供たちに嫌われていたのではないか。ならば、子供たちが南条を窮地に陥れるための材料として美津子を利用したとしても、決しておかしくはない。

すべては何ひとつ証拠のない、私の妄想だ。だから私は、真司にこれ以上確認はしなかった。真司、お前たちがやったのか——この問いは、死の床に就くまで胸に秘めておこう。これでいい、これでいいんだ。無邪気にテレビに見入る息子の横顔を見ながら、私は自分に強く言い聞かせた。

解説

千街晶之
（ミステリ評論家）

二〇二二年は、貫井徳郎が小説家デビューして三十年にあたる。

一九六八年生まれの著者は、第四回鮎川哲也賞の最終候補になった『慟哭』が東京創元社の叢書「黄金の13」の一冊として刊行され、一九九三年にデビューした。連続幼女誘拐殺人事件を担当する捜査一課長と、娘を失った絶望から新興宗教にのめり込んでゆく男という二つの視点から構成されたこのトリッキーなサスペンス小説は、後に再評価されてベストセラーとなっている。

著者はその後、本格ミステリから警察小説、犯罪小説、非ミステリにまで及ぶ多彩な作品群を発表しているが、社会問題をテーマにしたヘヴィーな作品から軽快でコミカルな作品まで作風の幅は広く、短篇においても鋭い切れ味を示している。『乱反射』（二〇〇九年）で第六十三回日本推理作家協会賞（長編及び連作短編集部門）を、『後悔と真実の色』（二〇〇九年）で第二十三回山本周五郎賞を、それぞれ受賞した。

そのような著者の作品群の中でも本格ミステリ路線の最高傑作とされるのが、本書『プリズム』である。一九九九年十月に実業之日本社から単行本として上梓《じょうし》され、二〇〇三年一月には創元推理文庫版が刊行された。今回の再文庫化によって、久々に実業之日本社に里帰りしたかたちとなる。

本書は、「虚飾の仮面」（初出《週刊小説》一九九七年十一月二十八日号・十二月十二日号）、「仮面の裏側」（初出《週刊小説》一九九八年七月十日号・七月二十四日号）、「裏側の感情」（初出《週刊小説》一九九八年十一月二十七日号・十二月十一日号）、「感情の虚飾」（初出《週刊小説》一九九九年七月九日号・七月二十三日号）の四章から成っており、それぞれ視点人物は異なる。四人の男女の視点から綴《つづ》られるのは、ある変死事件だ。

小学校教師の山浦美津子が、自宅で死体となって発見された。傍らに転がっていたアンティーク時計によって撲殺されたらしいが、事故死の可能性もあるという。また、解剖によって彼女の体内からは睡眠薬が検出されたが、それは自分で服《の》んだものではなく、何者かから送られたチョコレートに仕込まれていた。チョコレートを宅配便で送った差出人の名前は、山浦の同僚の男性教師。他殺だとすれば、物取りか変質者の仕業か、恋愛のもつれか、それとも怨恨が原因か？

本書には事件を捜査する刑事も登場するものの、作中では必要最小限の出番以外、さほど重要な役割を与えられていない。真相を探るのは四つの章の主人公たちであり、彼らはそれぞれの理由から犯人を知ろうとして、推理により自分なりの結論に辿《たど》りつく。

ミステリファンが本書を読んだ場合、真っ先に連想するのはイギリスの作家アントニイ・バークリーの代表作『毒入りチョコレート事件』（一九二九年）だろう。ユーステス・ペンファーザー卿に宛てて送られてきたチョコレートをベンディックス夫妻が譲り受けて口にしたが、仕込まれた毒でベンディックス夫人が死亡してしまったという怪事件を、作家にして素人探偵のロジャー・シェリンガムを会長とする「犯罪研究会」のメンバー六人が、各自の推理によって解決しようとする……という内容の『毒入りチョコレート事件』では、一つの事件に対して八通りもの解決（メンバーは六人だが、そのうち一人は二通りの推理を披露しているし、警察の推論も含めれば八通りとなる）が提示されている。

『毒入りチョコレート事件』に対しては、同じイギリスの作家であるクリスチアナ・ブランドが、「『毒入りチョコレート事件』第七の解答」（《創元推理》一九九四年春号掲載）で新たな解決を披露しているけれども、この多重解決の趣向は日本の作家、特に「新本格」以降の作家の挑戦意欲を大いに刺激したようで、芦辺拓が『探偵宣言　森江春策の事件簿』（一九九八年）所収の「殺人喜劇の$C_6H_5NO_2$《ニトロベンゼン》――森江春策、余暇の事件」で、ブランドの短篇を踏まえた上で更に第八から第十三までの別解を提示したほか、米澤穂信『愚者のエンドロール』（二〇〇二年）、西澤保彦『聯愁殺《れんしゅうさつ》』（二〇〇二年）、北山猛邦『踊るジョーカー　名探偵音野順の事件簿』（二〇〇八年）所収の「毒入りバレンタイン・チョコ」などの作例が思い浮かぶ。更に近年の作例では、井上真偽『その可能性はすでに考えた』（二〇一五年）や深水黎一郎『ミステリー・アリーナ』（二〇一五年）などの多重解決ミステリが同じ系譜に連なっている。

『プリズム』も、被害者が睡眠薬入りチョコレートを食べさせられていた点を見ても『毒入りチョコレート事件』を意識して執筆されたことは明白だが（本書の「あとがき」でも『毒入りチョコレート事件』およびブランドと芦辺の作例が言及されている）、本書の執筆時期には当然、今世紀に入ってからのオマージュ作品は生まれていないので、『毒入りチョコレート事件』を意識した作品としては早い時期の作例と言える。

この「あとがき」では、エドガー・アラン・ポオの「マリー・ロジェの謎」（一八四二～四三年）を重視している点も注目される。著者によれば、探偵オーギュスト・デュパンが登場するポオの三作品のうち、「モルグ街の殺人」（一八四一年）は意外性の重視によって本格ミステリの主流となり、「盗まれた手紙」（一八四五年）は逆説的論理によってG・K・チェスタトンや泡坂妻夫を生む流れを作ったのに対し、デュパンが新聞記事をもとに安楽椅子探偵的に推理を繰り広げる「マリー・ロジェの謎」は、バークリーやブランドやコリン・デクスターらの、推理の構築と崩壊によって物語を展開させる流れを生んだ。しかしこの第三の作風だけは、最終的な結末があまり重要視されない――というのが著者の見解なのである。

とすれば、本書において著者が挑みたかったこともおのずと明らかになるだろう。『毒入りチョコレート事件』は、ブランドや芦辺が別解を提示したとはいえ、最後の推理が正解と見なされることが多い。ブランドやデクスターの作品群においても、最終的な解決は確実に存在している。だが本書では、「虚飾の仮面」「仮面の裏側」「裏側の感情」「感情の虚飾」というしりとりめいた章題が示すように、どこから読んでも差し支えないメビウスの環《わ》のような構成となっている。『毒入りチョコレート事件』では最初の推理から次の推理へと進んでゆくたびに説得力が増すようになっているけれども、本書ではある人物の推理が次の人物による推理を誘発するという点では『毒入りチョコレート事件』と共通する構成でありながら、すべての推理の説得力（および、それと裏腹の信用ならなさ）を横並びに等価とする……という、一ランク高いハードルと言うべき超絶技巧に挑戦しているのである。

本書に関してはもうひとつ、その後の著者の作風の転機となったという見方も、今から振り返れば可能ではないだろうか。

四人の視点人物、そしてその他の登場人物たちの目に、被害者の山浦美津子はどのように映っていたのか。ある人物にとっては好ましい教師、ある人物にとっては純真すぎて鬱陶しく感じられるほどの「いい人」……といった具合に、見る人、見る角度によって美津子のイメージは変わってゆく。しかしそれは彼女の側だけの問題ではない。イメージがバラバラなのは、彼女を見る人間の主観を反映した結果でもあるのだから、それらのイメージ自体が観測者たちの立場や人間性を逆照射しているとも言えるのだ。

そう考えれば、本書が著者の代表作『愚行録』（二〇〇六年）へとつながる作品であることは明らかだろう。『愚行録』は、殺された夫婦の人となりを知る人々の証言の連なりで構成された小説だ。ここでも登場人物の視点の違いによって被害者たちのイメージは変化を遂げるけれども、それだけにとどまらず、被害者たちを指弾し、自分はまともであるかのように装おうとする人々の愚かさもまた炙《あぶ》り出されてゆく。

また、推理が次の推理を誘発する本書の構図は、巨大な悪意ではなく無数の人々の些《さ》細《さい》な罪が重なって悲劇を生む『乱反射』のドミノ倒し的因果関係を予告しているとも言えるし、殺人を犯すとは誰からも思われていなかった男による凶行の真の動機に迫ろうとする『微笑む人』（二〇一二年）は、ミステリとしての決着のつけ方に本書と通じるものがある。近年の作品では、ある男が無差別大量殺人を起こして自殺した事件を扱った『悪の芽』（二〇二一年）に注目したい。自分が過去に彼をいじめたことが犯行の遠因ではと懊悩《おうのう》する主人公は、事件の背景を調べはじめる。だが、犯人が既に死んでいる以上、辿りついた結論が真実だという保証はない。

これらの作品に共通するのは、本来なら中心となるべき要素の不在である。悪意の不在、動機の不在、真実の不在——著者はその空白を、被害者や加害者といった直接的な当事者にとどまらず、彼らを取り巻く人々の思考や証言によって埋めてゆこうとする。しかし、その結果として完成したジグソーパズルは、やはり中心となる一ピースを欠いたままなのだ。こうした構図に早い段階で挑んだのが『プリズム』であると考えるなら、本書こそは著者の作風の中で一大転機だったと位置づけられるのではないか。

さて、二〇二二年は冒頭に触れたように著者のデビュー三十年であり、同時に実業之日本社の創業百二十五周年にもあたる。それを記念して、本書の再文庫化に続き、八月には『追憶のかけら』（二〇〇四年）が、十月には『罪と祈り』（二〇一九年）が実業之日本社文庫から刊行される予定である。貫井徳郎の小説家としての歩みを振り返る絶好の機会が、今まさに訪れたと見るべきだろう。

本作品はフィクションです。実在の人物、団体、事件とは一切関係ありません。

本作は一九九九年一〇月単行本刊行（実業之日本社）、
二〇〇三年一月文庫化（東京創元社）したものを、再文庫化しました。

実業之日本社文庫　最新刊

赤川次郎
花嫁は三度ベルを鳴らす
東欧を旅行中だった靖代は、体調を崩して亡くなってしまう。異国の地だったが埋葬されることに。その地には奇妙な風習があり――。大人気シリーズ第33弾。
あ1 23

倉阪鬼一郎
開運わん市　新・人情料理わん屋
わん屋の常連たちは、新年に相応しい縁起物を揃えて開運市を開くことに。その最中、同様に縁起物を売る旅籠の噂を聞き覗いてみると……。江戸人情物語。
く4 11

沢里裕二
処女刑事　琉球リベンジャー
日本初の女性総理・中林美香の特命を帯び、真木洋子は沖縄へ飛ぶ。捜査を進めると、半グレ集団、大手広告代理店の影が。大人気シリーズ、堂々の再始動！
さ3 16

貫井徳郎
プリズム
小学校の女性教師が自宅で死体となって発見された。しかし、犯人は捕まらない。誰が犯人なのか。本格ミステリの極北、衝撃の問題作！（解説・千街晶之）
ぬ1 2

南英男
毒蜜　決定版
女以外は無敵の始末屋が真の悪党をぶっ潰す――裏社会専門の始末屋として数々の揉め事を解決してきた多門剛に危険な罠が…!?　ベストセラーシリーズ決定版。
み7 24

遊歩新夢
星になりたかった君と
第1回令和小説大賞受賞作、待望の文庫化！　永遠を誓う青年と少女…若者たちの命を懸けたピュアラブストーリー。今世紀最高の純愛に誰もがきっと涙する！
ゆ3 2

吉村達也
鬼死骸村の殺人
ふたつの焼死事件は、鬼の呪いか……!?　岩手県にかつて実在した地名「鬼死骸」をめぐる怪しい謎に、推理作家・朝比奈耕作が挑む。戦慄の長編ミステリー！
よ1 12

吉田雄亮
北町奉行所前腰掛け茶屋　夕影草
旗本に借金を棒引きにしろと脅されている呉服問屋の相談を受け、元奉行所与力の弥兵衛が調べを始めるが、探索仲間の啓太郎と呉服問屋にはある因縁が……。
よ5 10

実業之日本社文庫　好評既刊

貫井徳郎
微笑む人
エリート銀行員が妻子を殺害。事件の真実を小説家が追うが……。理解できない犯罪の怖さを描く、ミステリーの常識を超えた衝撃作。（解説・末國善己）
ぬ11

相場英雄
偽金　フェイクマネー
リストラ男とアラサー女、史上最強の大逆転劇！〈偽金〉を追いかけるふたりの陰で、現代ヤクザが暗躍――。極上エンタメ小説！（解説・田口幹人）
あ91

相場英雄
復讐の血
新宿歌舞伎町で金融ヤクザが惨殺。総理事務秘書官と警視庁刑事が事件を追う。名物ママの死、金融庁審議官の失踪、幾重にも張られた罠。衝撃のラスト！

あ92

相場英雄
ファンクション7
新宿の雑踏で無差別テロ勃発。その裏には北朝鮮のテロリストの影が……。北朝鮮、韓国、日本を舞台に、人々の生きざまが錯綜する、社会派サスペンス！

あ93

五十嵐貴久
マーダーハウス
希望の大学に受かり、豪華なシェアハウスで暮らすことになった理佐の平穏な日々は、同居人の不可解な死で壊れていく。予想外の結末、サイコミステリー。

い36

実業之日本社文庫　好評既刊

伊坂幸太郎
砂漠
この一冊で世界が変わる、かもしれない。一瞬で過ぎる学生時代の瑞々しさと切なさを描いた一生モノの傑作長編！　小社文庫限定の書き下ろしあとがき収録。
い12 1

伊坂幸太郎
フーガはユーガ
優我はファミレスで一人の男に語り出す。双子の弟・風我のこと、幸せでなかった子供時代のこと、「アレ」のこと。本屋大賞ノミネート作品！（解説・瀧井朝世）
い12 2

伊兼源太郎
密告はうたう　警視庁監察ファイル
警察職員の不正を取り締まる警視庁人事一課監察係の佐良は元同僚・皆口菜子の監察を命じられた。彼女とはかつて未解決事件での因縁が…。（解説・池上冬樹）
い13 1

伊兼源太郎
ブラックリスト　警視庁監察ファイル
容疑者は全員警察官――逃亡中の詐欺犯たちが次々と変死。警察内部からの情報漏洩はあったのか。ブラックリストが示す組織の闇とは!?（解説・香山二三郎）
い13 2

池井戸　潤
空飛ぶタイヤ
正義は我にありだ――名門巨大企業に立ち向かう弱小会社社長の熱き闘い。『下町ロケット』の原点といえる感動巨編！（解説・村上貴史）
い11 1

実業之日本社文庫　好評既刊

草凪優
私を抱くと死ぬらしい
売れなくなったモデルの清奈。ある日、彼女を抱いた男が死んだ――。その後も、負の連鎖が止まらない。恐怖とエロスが交錯する、超官能サスペンス！
く6 10

今野敏
マル暴甘糟《あまかす》
警察小説史上、最弱の刑事登場!? 夜中に起きた傷害事件は暴力団の抗争か半グレの怨恨か。弱腰刑事の活躍に笑って泣ける新シリーズ誕生！（解説・関根亨）
こ2 11

今野敏
マル暴総監
史上〝最弱〟の刑事・甘糟が大ピンチ!? 殺人事件の捜査線上に浮かんだ男はまさかの……痛快〈マル暴〉シリーズ待望の第二弾！（解説・関口苑生）
こ2 13

今野敏
潜入捜査　新装版
今野敏の「警察小説の原点」ともいえる熱き傑作シリーズが、実業之日本社文庫創刊10周年を記念して装いも新たに登場！ ㊙捜査の行方は…。（解説・関口苑生）
こ2 14

今野敏
排除　潜入捜査〈新装版〉
日本の商社が出資した、マレーシアの採掘所の周辺住民が白血病に倒れた。元刑事が拳ひとつで環境犯罪に立ち向かう、熱きシリーズ第2弾！（解説・関口苑生）
こ2 15

実業之日本社文庫　好評既刊

知念実希人
仮面病棟
拳銃で撃たれた女を連れて、ピエロ男が病院に籠城。怒濤のドンデン返しの連続。一気読み必至の医療サスペンス、文庫書き下ろし！（解説・法月綸太郎）
ち11

知念実希人
時限病棟
目覚めると、ベッドで点滴を受けていた。なぜこんな場所にいるのか？　ピエロからのミッション、ふたつの死の謎…。『仮面病棟』を凌ぐ衝撃、書き下ろし！

ち12

知念実希人
リアルフェイス
天才美容外科医・柊貴之。金さえ積めばどんな要望にも応える彼の元に、奇妙な依頼が舞い込む。さらに整形美女連続殺人事件の謎が…。予測不能サスペンス。

ち13

知念実希人
レゾンデートル
末期癌を宣告された医師・岬雄貴は、不良から暴行を受け、復讐を果たすが、現場には一枚のトランプが……。最注目作家、幻のデビュー作。骨太サスペンス!!

ち14

知念実希人
誘拐遊戯
女子高生が誘拐された。犯人を名乗るのは「ゲームマスター」。交渉役の元刑事が東京中を駆け回るが…。衝撃の結末が待つ犯罪ミステリー×サスペンス！

ち15

実業之日本社文庫　好評既刊

原田ひ香
三人屋
朝・昼・晩で業態がガラリと変わる飲食店、通称「三人屋」。経営者のワケあり三姉妹と常連たちが織りなす、味わい深い人情ドラマ！（解説・北大路公子）
は91

原田ひ香
サンドの女　三人屋
心も体もくたくたな日は新名物「玉子サンド」を召し上がれ――サンドイッチ店とスナックで、新・三人屋、今日も大繁盛。待望の続編、いきなり文庫で登場！
は92

原田マハ
星がひとつほしいとの祈り
時代がどんな暗雲におおわれようとも、あなたという星は輝きつづける――注目の著者が静かな筆致で女性たちの人生を描く、感動の7話。（解説・藤田香織）
は41

原田マハ
総理の夫　First Gentleman　新版
42歳で史上初の女性・最年少総理大臣に就任した妻と、鳥類学者の夫の奮闘の日々を描いた、感動の政界エンタメが装いも新たに登場！（解説・国谷裕子）
は43

東野圭吾
白銀ジャック
ゲレンデの下に爆弾が埋まっている――圧倒的な疾走感で読者を翻弄する、痛快サスペンス！　発売直後に100万部突破の、いきなり文庫化作品。
ひ11

実業之日本社文庫　好評既刊

東野圭吾　疾風ロンド

生物兵器を雪山に埋めた犯人からの手がかりは、スキー場らしき場所で撮られたテディベアの写真のみ。ラスト1頁まで気が抜けない娯楽快作、文庫書き下ろし！

ひ12

東野圭吾　雪煙チェイス

殺人の容疑をかけられた青年が、アリバイを証明できる唯一の人物——謎の美人スノーボーダーを追う。どんでん返し連続の痛快ノンストップ・ミステリー！

ひ13

東野圭吾　恋のゴンドラ

広太は合コンで知り合った桃美とスノボ旅行へ。ところがゴンドラに同乗してきたのは、同棲中の婚約者だった！　真冬のゲレンデを舞台に起きる愛憎劇！

ひ14

藤田宜永　彼女の恐喝

奨学金を利用し、クラブで働く圭子と、殺人現場から逃げ出した男。ふたりは次第に接近する。驚愕の心理サスペンス。著者、最後の作品。（解説・西上心太）

ふ71

三浦しをん　ぐるぐる♡博物館

人類史から秘宝館まで、博物館が大好きな著者がときに妄想を膨らませつつお宝や珍品に迫る。愛と好奇心が渦を巻く興奮のルポエッセイ！（解説・梯　久美子）

み101

実業之日本社文庫 ぬ12

プリズム

2022年6月15日　初版第1刷発行

著　者　貫井徳郎《ぬくいとくろう》

発行者　岩野裕一
発行所　株式会社実業之日本社
〒107-0062　東京都港区南青山5-4-30
emergence aoyama complex 2F
電話［編集］03(6809)0473［販売］03(6809)0495
ホームページ　https://www.j-n.co.jp/
ＤＴＰ　ラッシュ
印刷所　大日本印刷株式会社
製本所　大日本印刷株式会社

フォーマットデザイン　鈴木正道(Suzuki Design)

ISBN978-4-408-55733-5（第二文芸）